Xavier **Deutsch**

Xavier Deutsch est né à Louvain le 9 février 1965. Il est docteur en philosophie et lettres de l'Université catholique de Louvain. Il exerce le métier de romancier. Il a obtenu le prix Rossel en 2002 pour son roman *La belle étoile*, paru au Castor astral.

Depuis janvier 1989, Xavier Deutsch a publié une trentaine de romans, pour adultes et pour adolescents, des dizaines de nouvelles, des pièces de théâtre, des chroniques dans la presse, des contributions de toutes natures. Parmi ces textes, *Au coin de la rue des Amours* est paru aux éditions Luc Pire en 2012.

www.xavierdeutsch.be

© Éditions Luc Pire
[Éditions Naimette sprl]
Esplanade de l'Europe, 2A bte 2
4020 Liège
www.lucpire.be

Coordination éditoriale : Éditions Luc Pire
Graphisme : [nor]production
www.norproduction.eu
Illustration de couverture : la Dyle à Wavre

ISBN : 978-2-87542-097-8
Dépôt légal : D/2015/12.379/3

ROMANS DE GARE | Kill and read

XAVIER
DEUTSCH

LA DYLE NOIRE

lucpire éditions

Eugène Lambot 01

C'est ballot. Si Eugène Lambot était mort trois jours plus tard, il aurait vu les troupes du 2e bataillon des Welsh Guards entrer dans Wavre par le nord, par la chaussée de Bruxelles, et libérer la ville.

Mais Eugène Lambot était mort le 3 septembre 1944. Un dimanche ! Plus exactement, sa dépouille fut découverte par sa logeuse, Léonie Deremme, le dimanche 3 septembre en fin de matinée, mais celle-ci ne possédait pas les connaissances utiles pour déterminer la datation précise du décès, pas davantage que l'agent Firmin Bidoul qui fut appelé sans retard sur les lieux.

Il fallut composer avec la conjoncture et la conjoncture ne se prêtait pas aux protocoles qu'imposent d'ordinaire les devoirs de bonne police. Des bombardements avaient eu lieu depuis la veille, particulièrement sur Ottenbourg et Basse-Wavre, sans qu'on sût très bien de quel camp ils venaient. Les troupes allemandes étaient rendues nerveuses par l'avancée de la 2e division blindée américaine, et l'on commençait à voir quitter leurs tanières des poignées de partisans, les armes à la main. Les gens ne sortaient que lorsqu'une circonstance impérieuse les y poussait. Léonie Deremme avait considéré la mort brutale d'Eugène Lambot comme une circonstance impérieuse : s'étant mise en recherche d'un agent de la police, elle avait découvert Firmin Bidoul faisant une ronde, non loin de chez elle.

L'agent Bidoul était un jeune homme déluré, finaud. Lorsqu'il avait suivi la mère Deremme jusqu'au quai du Trompette où le drame avait eu lieu censément, et qu'il s'était rendu à l'étage, et qu'il avait franchi la porte laissée ouverte par la logeuse, il avait émis un commentaire bref :

– Bigre.

L'agent Bidoul avait beau ne posséder aucune compétence en médecine, il avait cru pouvoir conclure dans ce sens définitif : le mort était mort. Le corps gisait sur le parquet dans une position qu'il aurait été fort inconfortable de garder dans l'hypothèse où, par exemple, Eugène Lambot s'était mis en tête de faire une bonne blague à Léonie Deremme. Si Eugène Lambot avait voulu se faire passer pour mort, il ne se serait certainement pas tordu la jambe gauche sous le poids du reste de sa carcasse. Il n'aurait pas davantage déboîté lui-même son épaule droite, laquelle avait quitté son articulation probablement dans la chute qui avait suivi le brutal trépas du pauvre homme.

Enfin, s'il était resté un doute dans l'esprit de l'agent Firmin Bidoul, il lui aurait suffi de prendre la mesure de ce flot de sang noirâtre qui, s'étant écoulé d'un large trou dans la tempe, avait formé une sorte de nappe malodorante sur le parquet. L'agent avait poussé son sens de la vérification jusqu'à porter un doigt sur la surface de cette tache noire et, après avoir reniflé cette substance collante, il avait eu cette sentence :

– C'est du sang.

– Misère !

Léonie Deremme n'était pas de nature impressionnable et la guerre n'avait pas entamé son caractère mais, si c'est une chose d'entendre parler des morts de Stalingrad ou de Pearl Harbor, c'en est une autre de considérer son propre locataire trucidé en son propre logis. Elle était contrariée. L'agent Bidoul fit du regard le tour de la pièce. Il y avait un lit, au pied duquel avait chu le cadavre. Puis une table en bois blanc, une chaise, et une petite commode où sans doute Eugène Lambot serrait ses effets. Sur la tablette de la commode, une cuvette, un broc, une petite coupelle qui contenait encore le quart d'un savon. Sur la table, deux livres. L'agent Bidoul en déchiffra les titres mais n'en retira aucune conclusion significative : il s'agissait d'horticulture. Pour un homme ne possédant pas même un bac à fleurs.

Il se tourna vers le mort : Eugène Lambot devait avoir la quarantaine, ce que lui confirma plus tard Léonie Deremme. Il était vêtu d'un pantalon gris retenu par une paire de bretelles qui ne s'étaient pas décrochées dans l'incident, et d'une chemise blanche, maintes fois ravaudée aux manches, mais d'une propreté suffisante pour empêcher de penser que la victime était un homme négligent de lui-même.

Que faire ? L'agent Bidoul se porta vers la fenêtre, ouverte, et se pencha par acquit de conscience. Il vit la Dyle couler sous le mur. On se trouvait à l'étage, et la pièce donnait sur l'arrière de l'immeuble. De l'autre côté de la rivière s'alignaient les sinistres bâtiments de l'abattoir : des façades en briques badigeonnées de lie-de-vin, qui n'invitaient pas à la camaraderie. Ayant regardé en bas de la fenêtre puis en face, l'agent Bidoul leva enfin les yeux en l'air et il vit le ciel. Un beau ciel de septembre, d'une lueur tendre qui, doucement, penchait vers l'automne, mais qui n'avait rien à lui apprendre. Pas un avion ne transperçait l'azur : les bombardements s'étaient interrompus.

L'agent Bidoul se détourna de la fenêtre, prit la chaise par son dossier et s'y assit. C'était tout ce qu'il pouvait faire. Il considéra la logeuse, une femme replète qui poussait devant elle une poitrine confortable, très confortable, au point qu'elle éprouvait le besoin de joindre ses mains sur son ventre. Elle portait une robe de coton, noire, très ordinaire, mais elle avait un aspect soigné. Un chignon retenait ses cheveux gris. Elle approchait de la soixantaine. Ses yeux, passé l'émoi nécessaire dont elle avait cru bon de faire preuve, se posaient à présent sur l'agent Bidoul comme s'il s'était agi de prendre sa mesure. Ce garçon ne devait pas avoir plus de vingt et un ans. Il avait un bon visage, des yeux vifs, un air franc. Une petite moustache un peu trop claire. Un corps élancé qui n'avait pas encore tout à fait terminé de recevoir sa forme définitive. Son uniforme, son képi, son baudrier, ses bottes mêmes avaient encore un peu l'air d'un déguisement. Une arme lui pendait à la ceinture mais on hésitait à la prendre au sérieux. D'autant qu'il se mit à poser à Léonie Deremme des questions étonnantes. Il demanda :

– Alors, qu'est-ce qu'on fait ?

– Bah.

La grosse dame eut un geste. Elle regarda par terre la tache de sang noir. La guerre avait apporté assez de malheur et il avait fallu, alors que les Américains ou les Britanniques arrivaient du côté d'Overijse et qu'on parlait d'en finir enfin, qu'Eugène Lambot se fît trucider. Chez elle ! Et comment avait-il fait son compte ? Ce n'était pas à elle, Léonie Deremme, à déterminer tout cela. Elle escomptait qu'on la débarrassât de cet encombrant cadavre. Avant d'affranchir la ville de Wavre, elle aurait bien aimé d'abord qu'on libérât sa maison.

L'agent Bidoul n'était pas aidé. Il prit un petit carnet dans une poche de son costume et mouilla la pointe de son crayon.

– Nous disons donc…

– Qu'est-ce que vous voulez savoir ?

– Nom, prénom, qualité.

– Deremme, Léonie, logeuse.

– Mais non. Pas vous. Lui.

– Ah. Eugène Lambot. Ça faisait deux ans qu'il louait chez moi. Deux ans et demi, on va dire.

– Profession ?

– Si je savais seulement. Je crois bien qu'il avait été représentant, dans le temps, et qu'il cherchait un nouveau poste.

– Depuis deux ans et demi ?

– Qu'est-ce que vous voulez que je vous dise ? Je ne le connaissais qu'ainsi, pas mieux.

– Marié ? De la famille ?

Léonie Deremme eut l'air de soulever des souvenirs. Puis elle répondit :

– Il a eu quelqu'un, mais vous dire s'il était marié, je ne pourrais pas.

– Et cette personne ?

– Est partie un beau jour. Un dimanche, c'est facile à se rappeler.

– Il y a longtemps ?

– Ça va faire sept mois, vu que c'était en février.

L'agent Bidoul chercha des yeux quelle autre question il aurait pu trouver à poser. Il regarda le mort, qui n'avait pas bougé d'où il se tenait, et demanda :

– Vous n'avez pas une idée, vous, des fois ?

– Une idée sur quoi ? lui fit Léonie Deremme.

– Avez-vous noté la présence d'une arme dans la chambre ? Non, chère madame ! Il a donc bien fallu quelqu'un pour pénétrer ici, viser ce malheureux, et faire feu ! D'où ma question : avez-vous une idée de la personne qui a pu commettre un tel acte ?

– Comment voulez-vous que je le sache ?

– Eugène Lambot avait-il des ennemis ?

– Pas davantage que d'amis. C'était l'homme à rester des heures, des jours entiers, ici, à lire des ouvrages qu'il revendait aussitôt qu'il les avait terminés. Si j'entendais trois fois le son de sa voix sur une journée, c'était qu'il manquait de sucre pour sa tartine.

– Il mettait du sucre sur sa tartine ?

Léonie Deremme regarda l'agent Bidoul en se demandant si la réponse à cette question était réellement de nature à découvrir l'auteur du geste tragique auquel Eugène Lambot avait succombé. Elle répondit, à tout hasard :

– Des fois.

Mais son air était assez éloquent et l'agent Bidoul comprit qu'il était temps pour lui de s'en référer à son supérieur. Il tapota son carnet d'une main sur l'autre avant de le ranger dans sa petite poche de poitrine, dont il referma le bouton, et déclara d'un air entendu :

– Bien bien, je sais ce qu'il me reste à faire.

– C'est heureux.

– Ne touchez à rien aussi longtemps qu'on n'est pas venu vous dire quoi ou qu'est-ce.

Il eut encore un regard vers la fenêtre et crut bon de donner à Léonie Deremme un conseil de prudence :

– Si jamais les bombardements reprenaient, abritez-vous dans la cave. D'ailleurs ne sortez pas de chez vous, il va faire dangereux. Moi, je vais…

Il prit un air grave pour ne pas terminer sa phrase. La logeuse préféra ne rien ajouter. Elle suivit l'agent dans l'escalier, dans le corridor d'entrée, puis elle referma derrière lui la porte.

Il était alors deux heures et quarante-six minutes de l'après-midi.

Léonie Deremme 02

Après avoir quitté le logis de la dame Deremme, quai du Trompette, l'agent Bidoul courut à travers les ruelles qui, de la Dyle, permettaient de rejoindre le commissariat sans risquer de rencontrer une patrouille allemande. Il n'avait en principe rien à en redouter mais, par ces temps de déroute, mieux valait ne pas chercher la compagnie de la bête blessée.

Les rues, d'ailleurs, étaient à peu près désertes. Autochtones comme occupants, chacun semblait attendre un événement. L'agent Bidoul laissa bientôt derrière lui le perron de l'église Saint-Jean-Baptiste et se rendit où son devoir l'appelait. Au planton qui gardait l'entrée du poste, il demanda si le commissaire Vermeulen était visible. Il obtint une réponse négative.

– Sapristi !

– Un dimanche, tu penses, ajouta le collègue avec finesse.

– Que faire ? Dieu ! Que faire ?

– Qu'est-ce qui t'agite, Bidoul ?

L'agent donna l'impression de réfléchir, comme s'il hésitait à livrer l'affaire au planton, puis il lâcha :

– Un défunt, quai du Trompette.

– Ah.

L'homme, un petit rond qui avait comme Léonie Deremme cette façon de réunir ses doigts boudinés juste sur la ceinture, considéra Bidoul sans paraître plus ému que nécessaire. Il allait sur ses quarante-cinq ans. Il était de nature placide, portait sous le nez une petite moustache en brosse, et devait songer sans doute qu'un défunt en temps de guerre ne donnait pas matière à se mettre en frais. Il ne se mouilla guère et prononça :

– C'est fâcheux.

– Que faire ?

– Qu'est-ce qu'il a d'urgent, ton défunt ?

Comme Bidoul regardait le planton sans répondre, celui-ci ajouta :

– Il ne va pas mourir deux fois. Laisse-le refroidir. On ne verra pas le commissaire avant demain, peut-être mardi.

– Ça m'embête beaucoup !

– Peut-être mercredi.

– Bigre !

Un avion passa au-dessus de la ville à une altitude telle qu'on ne pouvait identifier de quelle armée il venait. L'agent Bidoul ni le planton ne s'en alarmèrent : l'appareil volait seul. On n'avait un bombardement à redouter que dans le cas où se présentait une escadrille.

L'avion s'éloigna mais le problème de l'agent Bidoul restait entier. Le planton considérait son jeune collègue d'un œil navré. Il aurait aimé pouvoir aider un peu toutefois sans se compromettre. Il tenait à sa tranquillité. Alors tout de même il lui demanda :

– C'est quoi, ce défunt ?

– Quai du Trompette, chez une dame qui loue sa chambre. Attends.

Il sortit de sa poche de poitrine ce petit carnet qui avait reçu quelques notes et lut :

– Eugène Lambot, la quarantaine, sans emploi. Une munition lui est passée par la tête, il gît de son long sur le parquet de la pièce.

– Bah. Il aura pris une balle perdue. Des fois ça canarde un peu de ce côté.

– Négatif. Sa fenêtre donne sur la Dyle. En face, la grande muraille de l'abattoir. J'ai bien regardé. Pour qu'une balle atteignît la tempe à Lambot, il aurait fallu que, tirée de la chaussée de Bruxelles par exemple, elle effectuât une courbe, un arc de cercle pour entrer par la fenêtre. Ça se voit peu.

– C'est juste.

Le planton était pensif. Il avait gardé les pouces dans la ceinture et regardait Bidoul par en dessous comme pour se tenir à l'écart d'un embêtement qui ne le concernait pas.

– C'est fatal, ajouta l'agent Bidoul dans un soupir, quelqu'un a pénétré chez Mme Deremme, a gravi l'escalier, s'est présenté auprès d'Eugène Lambot et lui a tiré un noyau dans le crâne avant de redescendre par où il était venu.

– Et le commissaire qui n'est pas là…

– Et le substitut ?

– Lequel ? demanda le planton.

– T'en connais beaucoup ?

Le petit homme rond, sans retirer les pouces qu'il avait dans la ceinture, écarta les coudes et fit une grimace pour montrer qu'il ne savait pas. L'agent Bidoul posa les yeux vers son collègue qu'il dépassait d'une demi-tête. Il songeait à bien des choses, de vastes pensées faisaient leur chemin à travers plaine, entre le sens du devoir et la complication des circonstances. Un homme passa par là, un vieux marchand de bicyclettes qui tenait une boutique rue Haute. Il s'avança vers les policiers. Il avait la tête chaude et le cheveu gris, et le regard incertain. Son petit corps progressait à la façon d'un rideau pris par le vent, à ceci près qu'il n'y avait pas de vent. Il fut bientôt en face du planton et lui demanda :

– Y a rien d'ouvert ?

Le planton, l'œil gai, eut le mouvement de répondre par une saillie telle que, par exemple, « Ah, mais nous sommes ouverts, nous autres… » Il se retint car il craignait que le vieil homme le prît au mot et s'engageât par la porte du commissariat. Un rire de ventre lui secoua la ceinture et, ne pouvant y renoncer finalement, il prononça :

– Ah, mais nous sommes ouverts, nous autres…

Le vieil homme le regarda puis tourna le visage vers le poste dont, en effet, la porte était ouverte à cause de la chaleur de l'après-midi. Le planton se mordit la langue. Il fut rassuré car le vieillard s'éloigna sans ajouter un mot ni un geste, vers la rue du Chemin de fer.

Pendant ce temps, l'agent Bidoul avait replié son carnet dans sa poche et il avait déterminé sa décision :

– J'y retourne.

– Où ça ?

– Quai du Trompette.

Et ce fut ce qu'il fit.

Dix minutes lui suffirent pour rejoindre le lieu et lorsque, après avoir frappé à la porte, Léonie Deremme lui ouvrit, elle ne sembla pas surprise de le revoir.

– Vous venez me prendre Eugène Lambot ?

– Non.

– Il faudra pourtant.

– Trouvez un curé pour ça, ou ce qui vous chante. Ce n'est pas mon métier.

Il ne se dirigea pas vers l'escalier conduisant à l'étage : il savait ce qui s'y trouvait et ne voyait pas l'intérêt d'y retourner voir. Il demanda plutôt à Léonie Deremme s'il était possible de s'entretenir avec elle et il fut conduit, sur la gauche, dans une pièce qui sentait l'encaustique et le poireau. Il prit place en tirant à lui une chaise à fond de paille et s'y asseyant, posant son képi, son carnet et son crayon sur la table cirée. L'intérieur était propre, sinon cossu. La taulière avait le soin de chez elle : meubles bourgeois, napperons de dentelle et ce confort gentil que certaines femmes s'échinent à maintenir en dépit de la tourmente, comme une résistance à leur mesure contre le déclin des civilisations.

– Bien. Eugène Lambot, la quarantaine, sans emploi.

– Je vous l'ai dit.

– C'est peu.

– Que voulez-vous savoir d'autre ?

– Votre locataire a été abattu par un coup de feu. N'avez-vous rien entendu qui ait ressemblé à une détonation ?

Léonie Deremme, les mains sur le ventre, s'était assise elle aussi, et réfléchit. Puis elle fit observer que, depuis quelques jours, des détonations, des bombardements, on n'entendait que ça.

– Tout de même ! s'écria l'agent Bidoul. Un partisan qui vide son chargeur sur le plateau de

Statte et un coup de fusil à l'étage au-dessus, ça ne produit pas le même son !

– Je n'ai rien entendu. Ni de ce matin, ni d'hier. Mais il m'est arrivé de sortir.

– Quand cela ?

– Attendez que je me souvienne. Hier, je suis allée aux commissions, il devait être bien quatre ou cinq heures. Puis j'ai visité un invalide chez qui je me rends chaque samedi. Et ce matin, à la messe d'onze heures.

Bidoul notait. Puis il releva les yeux de son carnet :

– Lorsque vous sortez, la porte demeure ouverte ?

– Si Lambot se trouve chez lui, pourquoi fermerais-je ?

– De sorte que n'importe qui, pendant votre absence, peut entrer, monter à l'étage, et frapper à sa porte ?

– Il reçoit les visites qu'il veut.

– Naturellement…

L'agent resta pensif, la main sur son carnet. Il avait envie de boire quelque chose mais n'osa pas demander un verre d'eau. Non que la mère Deremme l'intimidât. Il était retenu par la dignité de sa fonction et, plus encore, par l'impression que lui procurait sa tâche présente. N'était-il pas attelé à résoudre une énigme criminelle ? Aucun protocole ne prévoyait que ce travail fût dévolu à un agent de quartier mais, et c'était bien aujourd'hui le cas de le dire, à la guerre comme à la guerre. Le commissaire avait décampé. Pas un substitut ne se montrait ? Ce n'était pas une raison pour laisser la chienlit envahir le pavé. Force reste à la loi, quand bien même il ne resterait qu'un Bidoul pour la faire valoir !

Il quitta sa rêverie d'un instant et revint à son crayon.

– Vous m'avez parlé d'une certaine dame.

– Je ne saurais pas vous en dire grand-chose.

– Allez toujours.

– Elle est arrivée un matin poser ses valises. Qu'est-ce que je dis ? Poser sa valise unique, et pas grosse. Elle semblait savoir où elle se trouvait car Lambot avait descendu l'escalier pour aussitôt le remonter, la valise dans la main et la dame à ses talons. Une belle personne, d'ailleurs, et ça m'a étonnée.

– Oui ?

– Lambot, il fallait voir. Enfin, vous l'avez aperçu, mais pas au meilleur de sa forme. N'empêche, il n'était pas un Adonis, tenez. C'était l'homme blême et petit qu'on ne remarque que s'il toussote. Et cette femme, elle était d'une autre façon, croyez-moi ! Tous les deux, ils formaient le couple le plus mal assorti que j'aie jamais vu. Si vous aviez vu comme il était amoureux ! Ça me rendait presque triste.

– D'où venait-elle ? Qui était-elle ?

– Si je le savais…

– Puis elle est repartie ?

– Quatre mois plus tard. Comme elle était venue. Et Lambot, ça lui a fait de la peine. Il était mordu, croyez-moi ! Il se passait les cheveux à la gomina, se faisait la raie à gauche, et ne portait plus que des souliers au lieu de ses pantoufles tout le long du jour. Enfin, il essayait de s'y mettre. Alors, quand sa fiancée a repris sa valise, il n'a pas compris ce qui lui arrivait.

– Je vois. Ils habitaient ensemble ? Dans la chambre ?

– Il fallait bien.

– Maritalement ?

– Si vous croyez que je suis allée regarder par le trou de la porte !

Léonie Deremme eut la poitrine qui tressauta. Et posa la main sur son cœur énorme. C'était une posture car elle avait connu trop d'événements sournois et trop de curiosités, en son existence, pour s'émouvoir d'un rien. Elle devait toutefois tenir son rang et elle s'y employait. L'agent Bidoul demanda en quelques paroles rapides ce que la logeuse pouvait dire de cette visiteuse, et il lui fut répondu que c'était une dame très bien mise, fort belle à vrai dire. De grands yeux. Elle est arrivée, comme elle est repartie, dans un manteau de laine verte. Elle était coiffée d'un chapeau rouge.

– Quel pouvait être son âge ?

– Qu'est-ce que je dirais ? La trentaine, pas plus ?

– Connaissez-vous son nom ?

– Elle s'est présentée à moi comme une madame Goossens et, un jour qu'elle était sortie seule, ce qui ne lui arrivait pas souvent…

– Ça ne lui arrivait pas souvent de sortir seule ? Ou de sortir de toute façon ? la coupa l'agent.

– Les deux. Un jour, donc, Lambot est venu me dire que j'ouvre à Lucienne si elle rentrait pendant son absence à lui, car il avait à sortir aussi mais plus tard.

– Elle ne possédait donc pas la clef.

– Lambot avait la sienne, je n'en donne pas deux.

Bidoul médita ces éléments puis il s'enquit de savoir si quelqu'un allait pouvoir lui fournir d'autres éclaircissements sur le sieur Lambot, et la logeuse répondit :

– Il y aurait encore le docteur Flémal.

– Lambot était souffrant ?

– C'est le docteur qui vous le dira. Ces derniers temps, il venait le voir plus souvent qu'à son tour et restait là-haut des demi-heures entières.

– Où peut-on le trouver ?

– Au café des Bouchers. C'est facile : vous passez le pont et c'est à quelques pas, sur la chaussée de Bruxelles.

– Je connais. Quand ai-je le plus de chance de l'y rencontrer ?

– Entre huit heures du matin et huit heures du soir.

La réponse fit lever les yeux de l'agent Bidoul de son carnet. Il chercha du regard une pendule pour y trouver l'heure et se rappela qu'il portait une montre au poignet. Puis il mit la main sur son képi et se leva de sa chaise. Qu'aurait-il pu ajouter ? Léonie Deremme le regardait sans impatience. D'un mouvement de la tête, il la remercia de sa complaisance et la quitta pour la deuxième fois de l'après-midi.

L'idée surgit, sur son court trajet, que Lucienne Goossens était un nom bizarre. Cela sonnait mal. Si je m'étais appelé Goossens, pensa Bidoul par-devers lui, j'aurais nommé ma fille Renée, ou Françoise. Pas Lucienne. Mais il arrive que les gens soient rendus à d'étranges raisons et le policier déporta ses pensées vers le médecin qu'il s'apprêtait à rencontrer.

Il fut en quelques pas devant le café des Bouchers, un établissement bien tenu dans lequel venaient boire les ouvriers de l'abattoir. Ils y mangeaient aussi leurs tartines. En ce dimanche de fin de guerre, il ne fallait pas s'attendre à la grande cohue et la salle était à peu près déserte en effet. Une grosse dame était assise à une table dans sa robe de cotonnade noire, un chapeau noir sans forme sur la tête, et le teint blanc. Elle avait de fortes pommettes, et des yeux fixes car, de toute sa personne, elle se tenait plus immobile qu'un bouddha de plâtre. L'agent Bidoul se détourna. Un homme était attablé dans le coin du fond, auprès du comptoir, et suivait du regard une mouche qui volait autour de son nez. Il était mince comme une flûte, sans épaules ni sans âge. Un vieillard parcheminé, semblait-il, dans la vieillesse et dans un complet sans forme, fatigué de servir. La tête de l'homme avait l'air de ne rien peser, ses petits cheveux blancs étaient une fumée de bouleau sec. Lorsque l'agent Bidoul s'approcha de lui, et lui demanda s'il était bien le docteur Flémal, le vieillard regarda le policier sans répondre.

Il possédait entre les doigts, de minces longs doigts semblables à des brindilles, un verre vide où restait accrochée un peu de mousse à bière. Alors l'agent Bidoul, attirant à lui la chaise qui faisait face au vieil homme, s'assit.

Le docteur Flémal 03

Il faisait propre. La mouche autour du docteur Flémal ne disait pas le contraire : il lui suffisait d'un bout de sucre.

L'agent Bidoul, s'étant assis, commença par le regarder en vue de savoir si le vieil homme était doué de parole et de raison. Léonie Deremme avait affirmé qu'il pratiquait encore ses consultations puisqu'il visitait Eugène Lambot. Il ne pouvait pas être entièrement gâteux. Et le policier agita la main devant le visage du vieux médecin.

Celui-ci demeura tel qu'en lui-même, immobile et triste. Ce n'était pas bien gai, ce café des Bouchers, un dimanche après-midi, avec la grosse dame et le vieux docteur attablés.

– Docteur Flémal ?

– Présent, finit par dire le vieillard.

– Agent Bidoul, police de Wavre.

Le médecin mesura du regard son interlocuteur en uniforme comme s'il cherchait à s'en faire une opinion. Il hésitait sur les termes ou trébuchait sur des impressions qui ne s'emboîtaient pas entre elles. Pour sa part, l'agent Bidoul sentait qu'il ne fallait pas danser plus vite que le tempo et ne tentait pas de se soustraire à cette lecture que Flémal faisait de son visage. Il ne sert jamais à rien de faire courir un vieillard.

Un bruit se fit entendre à l'extérieur et l'agent Bidoul vit passer, venant du Fin Bec et allant dans la direction de Bruxelles, trois blindés légers allemands, à grande vitesse. Alors le médecin déclara :

– Pas la peine qu'ils se grouillent. Ils crèveront tous. S'ils se grouillent, ils crèveront plus vite et voilà tout.

– De qui parlez-vous ?

– Des Boches ! Qui d'autre ? J'ai fait 14, monsieur l'agent !

– Ah.

– J'ai fait 14, et 15, et compte sur tes doigts jusque 18 : j'ai fait.

– En 14, répondit Bidoul, je n'étais pas né. Même pas en 18.

– Moi j'étais sur l'Yser, jeune homme. Médecin militaire, quatre ans.

– C'était comment ?

– C'était quelque chose.

Il pivota d'un quart de buste pour trouver le patron derrière son comptoir. Celui-ci, qui se tenait à l'arrière quand Bidoul était entré, avait rejoint son poste et Flémal, qui l'avait entendu, commanda une bière, sans un mot, en montrant son verre vide. Quand le patron, un grand homme fort aux épaules d'haltérophile, avec une tête carrée posée directement sur le torse, apporta la commande, il eut un mouvement de la face envers le policier pour demander s'il buvait quelque chose. Dans cet endroit, il semblait que tout se déroulait par gestes, en silence. L'agent Bidoul demanda s'il y avait du café, du vrai, et le patron disparut à l'arrière.

Flémal prit une gorgée de sa chope, le café arriva et Bidoul respira le parfum. Comment le cafetier se procurait-il du café ? C'était le genre de question qu'on ne posait pas. Puis il dit :

– Je viens vous parler d'Eugène Lambot.

– Qu'est-ce qu'il a fait ? Il est mort ?

Bidoul marqua la surprise.

– Il est mort, oui. Comment pouvez-vous le savoir ?

– Je suis son médecin, tout de même… Il est mort quand ?

– Hier sans doute.

– Hier, demain, huit jours de plus ou huit jours de moins… Il est dans les temps.

– Je ne comprends pas.

Le vieux médecin but une autre gorgée puis il demanda :

– Qu'est-ce que vous voulez comprendre ?

– Comment savez-vous qu'il est mort ?

– Je vous l'ai dit : à quelques jours près… Je ne lui donnais pas jusqu'en octobre.

– Il était malade ?

Ce fut le tour du vieillard d'exprimer son étonnement :

– Enfin, jeune homme ! C'est pour ça que vous venez me voir, oui ou non ?

– Je ne savais pas qu'il était malade.

– Une leucémie au dernier degré. Il n'aurait pas vu l'automne.

– Eugène Lambot n'est pas mort de sa leucémie, docteur.

– Ah.

Bidoul hésita s'il fallait en dire davantage. Il était venu questionner le vieux médecin sur la personne de Lambot mais il se retrouvait soudain devant un scrupule. Chargé qu'il était – chargé par lui-même, et cependant chargé tout de même – d'une enquête criminelle, avait-il le droit d'évoquer les détails ? Il se le demandait bien ! Tout cela était si nouveau…

Il découvrit le moyen de se donner une contenance en extirpant le petit carnet de sa poche, et nota quelques mots. Eugène Lambot souffrait d'une leucémie au dernier degré. Qui donc avait pris la peine de trucider le pauvre homme alors qu'il aurait été plus simple de laisser faire la nature ? Quelqu'un, sans aucun doute, qui ne connaissait pas l'état de santé de sa victime…

– Qui d'autre que vous, docteur, connaissait le mal dont souffrait Lambot ?

– Qu'est-ce que j'en sais ? Peut-être sa logeuse ?

C'était à demander. L'agent Bidoul songea qu'il aurait à revoir Léonie Deremme. Il éprouva une satisfaction. Lorsque, le lendemain, ou mardi, et Dieu sait à quelle heure, il ferait son rapport au commissaire, il aurait de quoi dire. « Excellent travail, Bidoul ! » s'exclamerait son chef.

L'heure tournait. Dehors, un véhicule de la Wehrmacht produisait un vacarme inhabituel et l'agent Bidoul se leva de sa chaise. Il remercia le vieux médecin, s'enfonça le képi sur la tête et régla sa consommation en lâchant sur le zinc de la monnaie que le patron empocha sans la compter.

Il sortit. L'engin allemand était une sorte de petit camion muni de roues à l'avant et de chenilles à l'arrière, et il manœuvrait de façon à présenter sa ridelle à la hauteur du parapet du pont qui surmontait la Dyle à cet endroit. Quatre fantassins, armés de fusils mitrailleurs, escortaient deux militaires qui déchargeaient du camion de lourdes caisses en bois fermées de verrous. Et le chauffeur fumait une cigarette.

L'agent Bidoul franchit le pont et tourna, sur la gauche, vers le quai du Trompette.

Lorsqu'il frappa sur la porte, et que Léonie Deremme lui ouvrit, elle ne sembla pas surprise de le revoir.

– Vous venez me prendre Eugène Lambot ?

– Non.

– Il faudra pourtant.

Sans que ce fût nécessaire, il sortit son carnet de sa poche et questionna la logeuse :

– Saviez-vous qu'Eugène Lambot ne passerait pas l'automne ?

– Pas précisément. C'est le docteur qui vous l'a dit ?

– Je ne peux révéler les détails de l'enquête. Contentez-vous de me répondre. Donc c'est non ?

– Pas précisément. Je savais qu'il n'allait pas bien. Mais de là à penser que…

– Voilà d'où vient qu'il avait le sang noir, dit l'agent Bidoul d'un air pensif.

– D'où ça vient-il ?

– D'une leucémie au dernier degré. La leucémie est le cancer du sang, n'est-ce pas ?

– Si vous le dites.

– Il faut que je remonte le voir.

Il gravit donc l'escalier menant à l'étage et, sur le palier, ouvrit la porte de la chambre à Lambot. Celui-ci demeurait là tel qu'en lui-même. Les défunts sont devenus bien insensibles au temps qui passe, philosopha Bidoul. Il se pencha par la fenêtre car il était curieux de voir ce que fabriquaient les Allemands sur le pont : d'où il était, avec la Dyle sous le nez, il voyait très bien les hommes au travail, ouvrant les cadenas qui fermaient les grandes caisses de bois fort. Puis il se mit à l'ouvrage et fouilla méthodiquement les affaires du mort. Ce ne fut pas long. Outre les deux livres de jardinage posés sur la table, Lambot ne possédait que quelques caleçons, quelques paires de chaussettes, un peu de linge et des effets de toilette.

Alors Bidoul s'approcha du cadavre. Il avait déjà eu un mort sous les yeux, l'an d'avant : un vieux type qui était passé sous l'essieu d'un tramway. Ça n'avait pas de mesure commune avec ceci. Déjà, Lambot était d'un morceau et d'un seul, tandis que le vieil accidenté se présentait en deux tronçons distincts, les roues du tramway l'ayant tranché par le milieu. Ensuite les circonstances environnaient Lambot d'une aura particulière : on ne s'avance pas vers la victime d'un homicide de la même façon qu'au-devant d'un pauvre type ayant glissé de son trottoir. Il se demanda par où s'y prendre et commença par chercher s'il y avait une veste suspendue quelque part : une veste possède des poches et censément c'est dans de telles poches qu'on serre son portefeuille.

Pas de veste. De quoi donc Lambot se vêtait-il pour sortir ? Il allait falloir demander à Léonie Deremme.

Enfin, respirant un coup, car la dépouille commençait à sentir fort, il avança une main pour tâter s'il trouverait quelque chose dans les poches du pantalon. C'était désagréable au possible. Il avait le sentiment de commettre une indélicatesse. Il se rassura en songeant que Lambot ne protesterait pas et sa main rencontra un papier qu'il extirpa de la poche, par deux doigts.

Il considéra sa découverte. Une feuille, d'un papier très ordinaire, pliée en quatre, qu'il déplia. Quelques lignes y étaient tracées. Il les lut.

Tu va t ocuper de tes feces, Lambot.
Ou bien sinon tu va voir ! Les Becker vons
s ocuper de tes feces et sa va te faire mal.
T as bien conprit.

Était-ce possible ?

L'agent Bidoul eut une moue de tristesse en déchiffrant le parchemin. Une grimace de désolation. Où, en quel pays différent du nôtre, avait-on si peu d'égards pour l'orthographe ? Eugène Lambot s'était fait donc estourbir par un cancre ! Aux yeux de l'agent, cela rendait sa tragédie plus misérable encore…

Il fit un effort sur lui-même, reporta ses yeux sur ces lignes et il eut un mouvement significatif de la tête. Les Becker. Même si le billet qu'il tenait dans sa main ne constituait pas une preuve, il établissait au moins une présomption. Et l'indication d'une trajectoire. Les Becker. Cela n'allait pas être commode.

Il respira un grand coup et se dit à lui-même :

– Mon petit Bidoul, ça se complique…

Tout le monde, au commissariat, avait eu un jour à connaître d'un fait qui avait impliqué les Becker. Tout le monde y allait de son anecdote, comme s'il s'agissait de périlleux faits d'arme. L'un prétendait avoir été accueilli par la chevrotine, l'autre soutenait qu'on avait tenté de le circonvenir par un petit verre d'alcool de contrebande puis un autre puis un autre, et qu'au huitième verre il avait oublié le motif de sa venue. L'agent Bidoul avait écouté ces histoires pittoresques racontées à l'envi sans avoir jamais pu se faire son propre jugement. Il semblait bien que son tour fût venu de s'affronter aux Becker. Les Becker de Basse-Wavre !

Le clan des Gitans, qui se livraient à tous les trafics, toutes les turpitudes, tous les brigandages, sans qu'on eût jamais pu en coincer l'ombre d'un ! Ils se faufilaient chaque fois tels des vipères à travers les filets de la procédure. C'était à pleurer. Bidoul regrettait bien qu'on ne pût agrafer quelqu'un pour les manquements au langage : la faute d'orthographe n'était pas un délit, ne figurait pas dans le code pénal, et cela donnait à réfléchir. L'homicide, en revanche…

Il allait falloir jouer serré. Sur la base d'un papelard trouvé dans la poche d'un mort, l'agent Bidoul pouvait-il se présenter chez les Becker et leur demander une explication de texte ? C'était là que le policier aurait apprécié d'en référer au commissaire et d'en obtenir un conseil.

Que faire ?

L'agent Bidoul consulta sa montre. Il était 17h49 : un peu tard, lui sembla-t-il, pour effectuer une visite auprès des Gitans. Il prit la résolution de laisser passer le soir et la nuit. Le lendemain, il se rendrait au poste : si le commissaire Vermeulen était visible, on en parlerait. Dans le cas contraire, on aviserait.

Il se sentit renforcé par la décision qu'il venait de prendre et s'apprêtait à quitter la pièce lorsqu'une formidable détonation retentit, si puissante que tout l'immeuble trembla.

Lorsque, un instant après, il eut retrouvé le sens de la verticale, l'agent Bidoul se rendit à la fenêtre. Il n'eut qu'à se pencher vers la gauche et vit que les Allemands venaient de faire sauter le pont sur la Dyle.

Après que la poussière fut un peu retombée, l'agent vit que des gravats encombraient la Dyle et la rivière, lentement, commençait déjà de les rincer. L'engin à chenilles de la Wehrmacht, ayant démarré, s'éloignait dans la direction du Fin Bec en lâchant un gros pet de diesel brûlé.

Georges Becker 04

L'agent Bidoul résidait rue du 4-Août, au second étage d'un immeuble de rapport. Après avoir, ce lundi matin 4 septembre, avalé sa tartine et son bol de chicorée, il ferma derrière lui sa porte et se rendit au poste de police.

Son premier soin fut de s'inquiéter de la présence du commissaire Vermeulen mais, pas plus que la veille, celui-ci n'était visible. Ça devenait fâcheux. Bidoul avait eu le soin de rédiger un rapport complet sur les informations qu'il avait recueillies : Eugène Lambot, Lucienne Goossens, le billet signé Becker, le diagnostic du docteur Flémal quant à cette leucémie au dernier degré. C'était de la besogne propre, carrée. L'absence de Vermeulen contrariait le policier qui chercha un inspecteur, un brigadier, mais il ne rencontra que Gilson, Delfosse et Mélardy. Le poste n'était garni ce jour-là que d'agents de quartier.

Il s'en étonna auprès de Mélardy qui lui fit une réponse équivoque et lui demanda en retour pourquoi il cherchait le commissaire. Bidoul sortit son carnet de sa poche et démontra au collègue qu'un homicide ayant été commis, quai du Trompette, il s'était mis en devoir d'entamer une enquête de voisinage, mais qu'il n'était pas certain de pouvoir aller au-delà dans les investigations dont il avait eu l'initiative.

Mélardy le considérait, comme le planton la veille, avec réserve et précaution. Il fit :

– Bah.

Ce qui ne prêtait pas à conséquence.

Bidoul insinua que, tant qu'il y était, il pouvait aussi bien voir à Basse-Wavre, chez ces Becker. Les Allemands avaient fait sauter des ponts sur la Dyle mais la tanière, ou le campement, ou Dieu sait comment ça se nommait, des Becker, se situait par bonheur sur la même rive et la perte des ponts ne constituait pas un empêchement.

L'autre agent regarda Bidoul avec un surcroît de prudence qui confinait à la peur du vide. Et, lorsque Bidoul demanda si son camarade était volontaire pour l'accompagner, celui-ci allégua ceci :

– Un jour, j'y fus.

– Chez les Becker ?

– Précisément. Pour éclaircir une histoire de trafic de métaux. J'arrive. Je demande à voir le patriarche, il se nomme Georges, et on me l'indique du doigt. Georges était assis devant sa porte et me regardait venir. Je lui explique mon cas et il ne répond rien, ce qui n'est pas pour me plaire ni dans un sens ni dans l'autre. Je lui répète ma demande mais j'observe bientôt que je suis entouré de sept membres du clan, et ce n'étaient pas les femmes ni les enfants. Je me dispose à redire mon cas lorsque, levant un doigt, il dit comme ça que j'ai une tache d'œuf sur le revers de ma tenue. C'était vrai. Je tente un peu de faire valoir mon autorité mais il revient à cette tache et me propose qu'on me conduise en cuisine où la trace d'œuf sera vite épongée. Que dire ? Ils étaient là huit à me regarder le revers de la tenue, ils partageaient des avis, l'un tenant pour vrai qu'avec de l'œuf il fallait du bicarbonate de soude et pas moins, l'autre affirmant avec sûreté qu'il en resterait toujours un stigmate si on ne traitait pas la chose avec du détergent. Je me rendis compte que ma cause était perdue, je revins en ville et, lorsque je fis mon rapport à Vermeulen, il se contenta de me répondre environ « C'est bon, Mélardy, ça ira comme ça. »

Bidoul avait écouté la tirade sans trouver à y redire. Il baissa le menton pour vérifier que son revers était propre et déclara :

– Je comprends ce que tu dis, mon vieux. Mais y a pas d'avance, il faut que j'y aille pourtant.

– À ton aise, Bidoul. Si tu n'es pas de retour à midi, j'envoie quatre collègues.

Sur cette funèbre disposition, Bidoul s'éloigna dans la direction qu'il s'était assignée. Il était un homme brave et se demandait déjà de quelle croix on allait pouvoir bien le décorer s'il résolvait ce qu'il nommait depuis la veille au soir « l'affaire Lambot ».

Ça résonnait bien, ça, « l'affaire Lambot » ! C'était trouvé !

Il allait d'un pas certain vers Basse-Wavre selon des ruelles qu'il connaissait. L'été ne se pressait pas de finir, le temps était agréable et l'agent Bidoul ne doutait pas que son entreprise lui vaudrait de vastes satisfactions. Il songeait qu'on exagérait de beaucoup la nocivité des Becker. Que son collègue Mélardy n'avait pas la façon. Qu'il fallait adopter une attitude justement choisie à mi-chemin de la souplesse et de la fermeté, appuyée sur le respect de l'uniforme, qui allait de soi et n'avait pas besoin qu'on la redise.

Ainsi allait-il, tout à ses pensées, lorsqu'il rencontra un détachement de soldats schleus au coin des rues Saint-Roch et Saint-Sébastien. Un gradé lui intima de s'arrêter là, d'un mouvement de la main, et l'agent Bidoul obtempéra. Le gradé possédait l'avantage d'avoir auprès de lui quatre acolytes portant la poitrine barrée de fusils mitrailleurs. L'agent Bidoul n'avait dans sa gaine que son pistolet de service et, de toute façon, il n'eût pas été question de s'en servir. Tous, autant qu'ils étaient, affichaient cette mine fermée à laquelle on reconnaît le militaire en général, et le militaire d'occupation en particulier. Le militaire a peu d'humour, il n'est habituellement pas un homme enclin à la plaisanterie, surtout lorsqu'il sent tonner dans l'azur le vent gris de la défaite.

– *Halt* !

– Certes, fit Bidoul, que puis-je pour vous ?

– *Wo gehen Sie hin ? Das ist gefährlich !*

– Je vois ce que c'est, reprit le policier. Permettez-moi de vous faire observer que, selon un certain chapitre du code de procédure civile, dont je ne me rappelle pas le numéro, vous êtes tenu de vous adresser à moi dans la langue de mon pays…

– *Was sagt er ?*

Ce disant, l'officier s'était retourné vers un de ses hommes qui ne put lui venir en aide, et Bidoul dit encore :

– Si nous en avons terminé, permettez que je reprenne mon chemin : je suis commis vers Basse-Wavre à la résolution de l'affaire Lambot.

– Lambot ? Basse-Wavre, *gefährlich !*

Bidoul avait gardé suffisamment de souvenirs de sa classe de flamand pour comprendre le sens du mot « *gefährlich* » mais il ignora la semonce et passa outre. On ne le retint pas. Il se sentait de bonne humeur et l'air du matin lui rafraîchissait les pensées. Par un biais de l'esprit, voilà qu'il se prit à songer à Lambot dont il venait de prononcer le nom à la face des soldats allemands. Il se demanda si la dame Deremme avait fini par se défaire du corps qui encombrait son logis. Un coup de brosse dure et de savon de Marseille, et la chambre se retrouverait à louer. Qu'aurait-il fait, Bidoul, dans un semblable cas ? Un curé, ce n'était pas mal. Les pompes funèbres, pourquoi pas ? Mais Léonie Deremme eût dû, dans ce cas, engager des frais, ce qu'elle n'était pas forcément prête à consentir. Puis l'agent eut la pensée penchée vers cet autre détail qui l'avait intrigué : Lambot ne possédait pas de veste, pas de manteau. Il n'avait rien trouvé de ce genre dans la chambre et ça ne collait pas. Il se dit qu'au retour d'avoir questionné les Becker il repasserait quai du Trompette pour poser la question à la logeuse. C'est qu'ils finiraient par devenir intimes, tous les deux…

Ce fut ainsi qu'il parvint aux abords de Basse-Wavre. D'où il était, il apercevait les hauts toits du collège et la flèche de la basilique. Par contre il ne savait pas où résidaient les Becker et il chercha le moyen de se renseigner. Les rues étaient étrangement désertes. Depuis sa rencontre avec la patrouille allemande, il n'avait rencontré aucun autochtone et il s'étonna de ce silence qui régnait. Il avisa une petite maison qui se trouvait à gauche et frappa sur la porte. Rien ne se produisit, on ne vint pas lui ouvrir. Il perçut pourtant un bruit dans l'habitation et frappa une seconde fois, du poing, en prononçant d'une voix ferme :

– C'est la police. La police belge.

Le silence succéda aux rumeurs qu'il avait entendues, puis il y eut le son d'un pas sur un carrelage et la porte fut entrouverte avec prudence : un visage parut dans la fente ainsi pratiquée, celui d'un homme sans âge, à la peau lasse et aux yeux ternes. Bidoul dit :

– Un renseignement, cher monsieur. Je cherche à rencontrer les Becker. Ces Gitans, vous savez ? Où se trouvent-ils ?

– Les Becker ?

– Précisément.

L'homme tourna la tête vers l'arrière puis il regarda Bidoul à nouveau, et répondit :

– Après la ferme de l'Hosté. Au bord du chemin de fer.

– Je vous remercie.

Le policier n'eut que le temps de saluer l'homme, la porte fut refermée prestement. L'agent Bidoul demeura quelques instants à se demander s'il ne ferait pas utilement de frapper à nouveau sur la porte afin de rappeler ce particulier à ses devoirs de politesse mais il y renonça : il avait à faire. Il s'aventura dans la direction que l'homme lui avait montrée, ce qui n'était pas commode car les troupes d'occupation semblaient avoir établi dans ce quartier leurs derniers retranchements.

La 9e division d'infanterie du VIIe corps de la 1e armée américaine avait pénétré en Belgique par le hameau de Cendron le 2 septembre et, depuis lors, toutes les troupes alliées fonçaient vers l'est. Des informations indiquaient avec plus ou moins de certitude que la veille, alors que l'agent Bidoul visitait le quai du Trompette, questionnait Léonie Deremme et le docteur Flémal, et conduisait son enquête avec diligence, les Britanniques avaient libéré Bruxelles.

Les Allemands devaient être au courant.

Ils reculaient donc avec ordre et méthode mais les mouvements de leurs infanteries et de leurs engins métalliques de toutes sortes dénotaient une certaine irritabilité. Or ils avaient visiblement regroupé leurs forces à Basse-Wavre. Et ce n'était pas une affaire tranquille, passant au large du collège Notre-Dame, de franchir le passage à niveau, de longer la voie du chemin de fer, et d'aller vers ce faubourg incertain, planté de baraques et de sureaux, qui faisait un prolongement prolétarien à la grande ferme de l'Hosté.

Un convoi de fourgons et de wagons-plateaux, venant de Wavre, fila vers Louvain, sur la voie ferrée. Bidoul, pour se garder du souffle produit par le train, se rangea sur le côté du ballast. Puis il reprit son chemin vers ce curieux hameau qu'il apercevait à cent mètres en face de lui : une maison de briques surmontée d'un toit dont la poutre faîtière accusait un creux par son milieu, quatre ou cinq petites cabanes habitées, un poulailler cerné d'un grillage.

Un brasero, tenu dans une sorte de citerne, exhalait une fumée très noire. Derrière, on voyait des amoncellements de matériaux, surtout de la ferraille, des sommiers de lits défaits, des roues de bicyclettes, des lingots rouillés. Puis des madriers noircis, des tas de bois difficiles à identifier…

Un chien jaune trotta jusqu'à flairer les talons de l'agent et reçut de sa part un coup de pied dans le ventre avant de s'éloigner, la truffe basse, en reniflant un caillou.

Une femme se montra. Jeune, assez jolie pour qui aime ce genre-là : elle était grande, le corps élancé, les yeux tatars, elle portait un pantalon rouge et une chemise d'homme à carreaux dont les manches étaient retroussées sur ses bras nus, et de grands cheveux bruns lui dégringolaient sur le dos. L'agent Bidoul s'avança et lui demanda s'il était loisible de s'adresser à quelqu'un. La femme lui répondit, et ses paroles avaient un accent que l'agent ne put identifier sur le moment :

– Je suis quelqu'un.

– Certainement, fit Bidoul en se remémorant soudain les déconvenues de son collègue Mélardy.

À peine était-il arrivé, il se sentait mal parti. Aussi, cherchant à se reprendre, il trouva judicieux de préciser :

– Quelqu'un d'autre.

La femme avait posé sur lui son grand regard gitan et ne se départait pas d'un petit air de moquerie. Elle se tourna lentement et indiqua la maison qui semblait être le centre de cet étrange habitat. Bidoul s'y porta et, voyant que l'huis en était ouvert, il avança la tête dans l'ouverture : il y faisait sombre. Une seule fenêtre donnait sur l'arrière et, à la faveur de cette unique clarté, l'agent vit que, sur le sol en terre battue, quatre enfants étaient assis et mangeaient une bouillie d'avoine et de lait dans quatre bols en céramique. Ils avaient le cul nu et le visage orné de poussière. La pièce n'était pas meublée à l'exception d'un grand bahut contre le mur du fond, d'un coffre monumental, et de quelques chaises dépareillées.

Sur une chaise était installé un homme, près de la fenêtre. Il était d'une taille et d'une corpulence telles que le policier n'en avait jamais vu de semblables. Il écrasait la chaise de son poids, ses jambes énormes étaient étendues devant lui et ses grandes mains étaient posées sur ses cuisses comme des battoirs à linge. Il regardait manger les enfants. Et, lorsque l'agent Bidoul eut pénétré dans la pièce, et se fut enquis de savoir si l'homme était Georges Becker, celui-ci leva une main. La gauche. Cette main ne possédait plus que le pouce : les autres doigts n'existaient plus que sous la forme de petits tronçons broyés et brûlés. L'homme tendit la main vers deux des enfants qui mangeaient sur le sol et il dit d'une voix lente et lourde :

– Ces deux-là se nomment Becker, et Georges aussi. Auquel voulez-vous parler ?

– Ah, fit le policier.

Arsène Pirlot 05

L'agent Bidoul se rapprocha de Georges Becker. Le patriarche, après avoir désigné deux de ses héritiers sur le sol, avait remis sa lourde main meurtrie sur sa cuisse et Bidoul regardait cette main. Il demanda :

– Vous êtes gaucher ?

– Ça dépend pour faire quoi. J'allonge des claques des deux mains et je bois de la droite.

– Pour écrire ?

– Je ne sais pas écrire.

Bidoul enregistra l'information et la rangea quelque part dans son esprit. Avant de prendre le chemin de Basse-Wavre, il avait prémédité quatre questions qu'il souhaitait présenter aux Becker mais il ne savait pas dans quel ordre il comptait à présent les poser. C'était compliqué.

– Connaissez-vous un nommé Lambot ?

– Eugène Lambot ?

– Précisément.

Les deux mains de Becker ne bougèrent pas de ses cuisses et l'homme répondit sans s'émouvoir :

– Un emmerdeur.

– S'il fallait assassiner tous les emmerdeurs, M. Becker, on ferait plus de victimes que les Boches.

– Il est mort ?

Cette réponse, l'agent Bidoul la rangea également dans son esprit, car le gros homme semblait sincèrement étonné.

– Existe-t-il dans votre famille quelqu'un qui sache écrire ?

– Monika, un peu. Et César.

– Je souhaite les questionner.

Une femme survint de quelque part et Bidoul ne l'avait pas entendue entrer. Elle était petite et forte, elle devait avoir la soixantaine, un peu le même âge que Georges, et portait une robe de coton toute noire, comme Léonie Deremme, à ceci près qu'elle était moins apprêtée que la logeuse du défunt Lambot. Elle avait un poireau sur le visage, d'où sortaient quelques poils, et Bidoul préféra ne pas la regarder car il trouvait cela dégoûtant. Georges se tourna vers elle et lui dit d'appeler César et Monika. La vieille s'en alla faire ce qu'on lui avait demandé. Pendant son absence, Georges demeura silencieux tel un chat obèse qui se serait trouvé bien dans un carré de soleil, mais cela ne dissuada pas l'agent Bidoul de poser sa deuxième question :

– Le nom de Lucienne Goossens vous évoque-t-il quelque chose ?

Était-ce une impression trompeuse ? Ou la réalité ? Le policier crut percevoir un très bref tressaillement sur le visage de Georges Becker. Celui-ci pourtant répondit de sa voix lourde :

– Jamais entendu parler.

– Fort bien.

Un homme, que la vieille dame au poireau avait appelé, entra dans la pièce. Il s'agissait de César Becker, l'un des quatre descendants de Georges, et il se tint là sans dire un mot, à regarder le policier d'un air tranquille où perçait une flamme farouche. Bidoul sortit de sa poche le billet qu'il avait découvert dans la poche de Lambot et le produisit sous le nez du nouveau venu :

– Avez-vous écrit ceci ?

César Becker, sans baisser les yeux vers le papier, répondit :

– Je ne me souviens pas.

Bidoul, qui sentait la colère le gagner, eut le désir de placer un mot clair et définitif par lequel César et les autres eussent compris qu'on ne se moquait pas de la police dans le canton de Wavre, mais il se retint en songeant à la tache d'œuf sur le revers de Mélardy.

– Fort bien. Voulez-vous, je vous prie, tracer quelques lignes de votre main sur un morceau de papier, afin que je compare les écritures ?

– C'est inutile.

Bidoul se retourna et il eut devant lui la personne qui venait de s'exprimer. C'était elle, c'était la jeune femme qui l'avait accueilli quelques minutes auparavant, cette Gitane au pantalon rouge et à la chemise aux manches retroussées. Elle non plus ne daigna pas lire le billet que l'agent produisait sous ses yeux. Elle venait de le dire : c'était inutile. Elle reconnut qu'elle avait écrit ces lignes. Elle ne mit aucune réticence à l'affirmer, comme s'il s'agissait pour elle d'un mouvement habituel.

– Vous avez écrit ce billet ?

– Je vous l'ai dit.

– Pour quelle raison ?

– Lambot, cet emmerdeur…

On ne prisait guère ce pauvre Eugène, chez les Becker, mais Bidoul voulut pousser les feux.

– Un emmerdeur, soit, mais encore ?

– On n'aime pas les gens qui traînent par ici. Qui soulèvent le couvercle des casseroles.

– Quelles casseroles ?

Pour toute réponse, Monika haussa les épaules. De très jolies épaules.

– Connaissez-vous une dame du nom de Lucienne Goossens ?

Cette fois, contrairement à Georges, la jeune femme n'eut pas d'hésitation :

– Je n'en ai jamais entendu parler.

– Fort bien. Eugène Lambot a été assassiné par un coup d'arme à feu. Ce billet a été trouvé dans sa poche. Qu'avez-vous à dire ?

– C'était un emmerdeur.

– L'avez-vous tué ?

– Ni moi, ni mon frère.

Son frère ? César ne possédait pas cet accent slave qui roulait dans les paroles de la fille. Accent bulgare peut-être. Polonais plutôt. C'était cela : un accent polonais. Mais ça ne conduisait pas à grand-chose.

Où en était-il, Bidoul, de ses quatre questions ? Il se rendit compte qu'il les avait posées. Qu'il n'avait rien appris. Mais, comme il ne voulait pas se retirer encore, et ne sachant quoi dire, il demanda :

– Vous vivez de quoi, ici ?

– Achat et revente, répondit Georges.

– De quoi ?

– De la ferraille, surtout.

Il regarda autour de lui. Les enfants avaient terminé de brouter leur bouillie dans les bols de céramique et se tenaient assis sur le sol à lever sur Bidoul leurs grands yeux noirs. Alors celui-ci, vraiment, ne trouvant plus rien à redire, considéra qu'il en avait terminé sans doute. Il prit congé. Lorsqu'il se trouva devant la maison de briques, il entendit le fracas lointain, assourdi par les collines, d'une détonation, suivie de quelques autres. Le policier resta là, sans rien penser, puis il choisit de s'en aller tout à fait.

Au bout du long chemin de terre qui, après avoir longé la voie ferrée, retrouvait la chaussée du Tilleul, il avisa une maison bourgeoise dont la porte s'était ouverte. Un homme était paru dans l'ouverture et le regardait avancer. Quand il fut à sa hauteur, l'agent Bidoul le salua du képi mais l'homme le retint, d'un mot :

– Vous venez de chez Becker ?

– Précisément.

C'était un homme d'environ cinquante ans qui se tenait sur l'avant de sa porte. Vêtu d'un costume bleu sombre, d'une chemise blanche et d'une cravate ficelle. Une allure de petit bourgeois, de pharmacien honnête, de bon citoyen. Il semblait hésiter. Puis il demanda, sans s'avancer :

– Les arrêtera-t-on, cette fois-ci enfin ?

– Vous tenez à ce qu'on les arrête ?

– On vivrait déjà mieux, quand ils seraient derrière les murs...

– Vous ne les aimez pas beaucoup.

– Les sentiments n'ont rien à voir avec ça. Mais les trafics...

– La ferraille ? demanda Bidoul pour savoir.

– Si ce n'était que la ferraille...

L'homme était visiblement tiraillé entre le désir d'en dire et le souci de sa tranquillité. À trop parler, on se met dans un mauvais cas, semblait-il songer, mais l'arrivée prochaine des Alliés lui donnait de l'allant.

– Quel est votre nom, monsieur ?

– Arsène Pirlot. Mais je ne veux pas d'ennuis. Je veux seulement que ça cesse.

– Ce qui doit cesser cessera, fit l'agent Bidoul en fermant les yeux à demi. Encore faut-il que je sache ce que je dois faire cesser. Il n'est pas interdit de vendre de la ferraille.

– Vous n'entendez pas ce que je vous dis ? Ce n'est pas de ferraille qu'il est question, grands dieux !

– Et de quoi, donc ?

Arsène Pirlot eut un regard dans la direction du campement Becker, des fois qu'il serait resté quelqu'un, et bien qu'on en fût éloigné de six cents mètres, puis il se lança :

– Des femmes. C'est des femmes qu'ils vendent !

– Bigre !

– J'en ai vu passer, des jolies ! Et des jeunes ! Même des fillettes ! Et savez-vous à qui ?

– Je pense que vous allez me le dire.

– Aux Boches, monsieur ! Des voitures venaient dans le chemin et des camions parfois ! En plein jour, à se dire qu'ils ne se cachaient même pas ! Il s'en passe des drôles ! Il arrivait là des femmes et on ne les revoyait ensuite plus. Vous savez ce que ça veut dire ? Un tel vice, à quelques mètres de chez moi !

– Une petite minute. Vous m'affirmez que des femmes se rendaient chez les Becker, que des Allemands les rejoignaient ?

– Les rejoignaient, puis emmenaient ces filles, Dieu sait où ! Des bordels sur le front de l'Est ? Ou des lupanars pour les gradés du Reich ? Je vous l'affirme ! Ah, mais les Américains vont leur faire bouffer leurs bottes, aux Schleus ! Ces vicieux ! Et aux Becker avec !

L'homme bouillait de colère. Était-ce vertu patriotique ? Sens du devoir ? Haine du Teuton ou du Gitan ? Il fulminait si bien que Bidoul dut lui répéter sa question à deux reprises :

– Avez-vous le souvenir d'une femme assez jeune, jolie, portant un manteau vert ?

– Plaît-il ?

– Une jolie dame, trente ans, un manteau vert ?

– Avec un chapeau rouge ! Si je m'en souviens ! Une petite valise à la main.

– Quand était-ce ?

– En février.

– Qu'est-ce qui vous rend si précis ?

– Bah. C'était le premier dimanche de Carême, et j'ai dit à ma femme que c'était une honte. Il faisait tellement froid que, en voyant passer la dame sur le chemin chez Becker, j'ai eu le mouvement de la faire entrer, qu'elle se réchauffe au moins près du poêle, puis ma femme a dit « Arsène, te mêle pas de ça », et ça fait qu'ainsi je m'en souviens bien. Une de plus aux Becker, voilà ce que je dis, une de plus dans les sales pattes des Boches !

– Je vois.

– Alors, vous les arrêtez ?

– Dès que j'ai de quoi, monsieur. Je vous remercie pour ce témoignage des plus précieux.

– Je ne fais que mon devoir…

Bidoul eut la tentation de saisir son carnet afin d'y noter tout ce qu'il venait d'apprendre mais il fut retenu par un scrupule. Des femmes chez les Becker, puis des Allemands qui les y retrouvaient. Où cela menait-il ? Lucienne Goossens y était passée. Bien. Quel rapport avec Lambot ? Il marcha, tout songeant, et franchit le passage à niveau.

Auprès du parc environnant le collège, il se rangea au bord de la rue pour laisser passer quatre motocyclistes allemands puis il rejoignit la ville en longeant la Dyle, et fut bientôt rendu au quai du Trompette. Il n'eut qu'un regard pour le pont, démoli de la veille, et se rendit chez Léonie Deremme à laquelle il avait retrouvé une question à poser.

– Dites-moi. Hier, lors de mon inspection, je n'ai vu ni manteau ni veste chez Lambot. Or vous m'avez affirmé qu'il sortait de temps en temps. On ne sort pas sans se vêtir. Ni manteau, ni chapeau ? C'est singulier. Voilà qui donne à penser…

Il pesa du regard sur la logeuse comme s'il avait à lui extorquer un aveu difficile, ou comme pour lui reprocher de lui avoir caché quelque chose d'important, mais celle-ci, qui se tenait dans l'encadrement de la porte, s'écarta d'un pas. Dans le corridor de l'entrée se trouvait une petite penderie qu'elle indiqua de la main, et Bidoul vit suspendus aux crochets un pardessus gris et un chapeau de feutre.

– Ah.

Il s'avança, tâta de la main le pardessus, fouilla les poches. Il ne trouva rien qu'un vieux mouchoir. Puis il se retira et, quittant le vestibule, il fut bientôt sur le trottoir. Juste au moment où il s'apprêtait à refermer la porte, il se tourna vers Léonie Deremme et lui demanda :

– Il est toujours là ?

– Pensez-vous ! Je l'ai fait enlever.

– Ah.

Cette fois, n'ayant plus rien à savoir, il s'en alla. Questionnant sa montre-bracelet, il vit que c'était l'heure. L'heure de quoi ? De retourner au poste. Et cette fois, si le commissaire n'y était pas, il revendiquerait le substitut !

Le commissaire Vermeulen 06

Le commissaire y était.

Aussitôt qu'il pénétra dans le poste, l'agent Bidoul rencontra son collègue Mélardy qui lui dit que Vermeulen le cherchait.

– Tout de même ! fit Bidoul. Où est-il ?

– Dans son bureau.

L'agent rectifia sa tenue qui n'en avait pas besoin et, tenant son képi sous le bras gauche, il traversa tout un couloir et frappa sur une porte. On lui répondit d'entrer.

– Ah ! Bidoul.

Le commissaire était un petit homme jovial au visage rond, à la moustache fournie, aux yeux vifs, qui semblait toujours avoir une blague à raconter, mais ses hommes savaient à quoi s'en tenir et faisaient la part des choses entre le temps où la plaisanterie était de mise et celui où il était préférable de garder son sérieux. Au moment de se planter devant son chef, Bidoul eut le singulier réflexe de jeter un coup d'œil sur le revers du veston du commissaire, comme s'il y cherchait la trace d'une tache d'œuf. Il n'y en avait pas, non plus que sur la petite cravate noire, ni nulle part ailleurs. Ce fut Vermeulen qui parla le premier :

– On me dit que vous passez votre temps à travers les rues de Wavre ?

– Précisément, monsieur le commissaire. Le nom d'Eugène Lambot vous est-il connu ?

– Pas le moins du monde.

– Il est mort.

– Ah.

Bidoul savourait l'instant. Il suspendit son rapport, dans l'attente que le commissaire le questionnât davantage. Comme cela ne venait pas, l'agent sortit son carnet de sa poche et résuma en quelques mots : Léonie Deremme, quai du Trompette, ayant constaté le trépas de son locataire, en avait averti la police en la personne de lui-même, Firmin Bidoul, qui avait aussitôt diligenté le commencement d'une enquête. Eugène Lambot, aux dires de son médecin, était atteint d'une maladie en phase dernière, ce que son assassin devait ignorer, sans quoi il eût patiemment laissé faire la nature au lieu de prendre le risque d'un homicide. Sauf à considérer qu'il existait une urgence et que le décès de Lambot ne pouvait attendre le bon vouloir de la maladie. Suite à la découverte, dans une poche du mort, d'un billet significatif, Bidoul s'était rendu auprès de la famille Becker dont il n'avait rien appris, mais un témoin affirmait avec sûreté que les Becker se livraient à un trafic des plus ignominieux et que la fiancée de Lambot, une dénommée Lucienne Goossens, pouvait être vue comme une victime dudit trafic. D'où il était facile de conclure que, en dépit de leurs dénégations, les Becker devaient être suspectés au premier chef d'avoir trucidé Lambot, lequel avait sans doute recueilli assez de présomptions à l'encontre des Becker, dans les rets desquels son amie avait eu le malheur de choir.

L'agent Bidoul se tut soudain. Il en avait terminé.

Le commissaire Vermeulen le regardait en taillant un crayon. Puis il fit cette observation :

– Le malheur de choir…

– Certes.

– Vous n'avez que trop raison, Bidoul. Et je vous le demande : notre mission consiste-t-elle à empêcher les gens de choir ? Ou à, s'ils ont chu, vérifier les causes de leur chute afin qu'elles ne se reproduisent plus ?

– Je ne sais pas, monsieur le commissaire.

– Nous ne pouvons plus faire en sorte que ce… Comment l'appelez-vous ?

– Qui ça ? Lambot ?

– Oui, Lambot. Nous ne pouvons plus faire en sorte que ce Lambot ne meure pas, puisqu'il est mort.

– C'est juste.

– Notre mission consisterait dès lors à… ?

– Arrêter son assassin !

Le commissaire taillait son crayon sans se rendre compte que la pointe avait retrouvé la finesse voulue et Bidoul eut la tentation de le lui faire remarquer. Il dit :

– Votre crayon est taillé, monsieur le commissaire.

– Tiens ? Vous avez raison, Bidoul.

Il se passa un moment étrange que Bidoul ne comprit pas : en dépit de la remarque qui venait de lui être faite, le commissaire enfonça le crayon dans l'orifice du taille-crayon et se remit à l'y faire tourner, obtenant de jolis copeaux qui se déposaient telle la neige sur une feuille de papier. Millimètre après millimètre, le crayon perdait de sa longueur. Bidoul n'eut plus d'yeux que pour la main du commissaire et pour ce geste de faire tourner le crayon, pour ces fragments de petit bois et cette poussière de carbone s'en allant rejoindre la feuille de papier. Vermeulen, après s'être bien tu, finit par avoir ce mot :

– Choir est le malheur, parfois.

– Oui, monsieur le commissaire.

– Pensez. Tout objet lâché d'une hauteur tombe vers le sol. Ces copeaux de crayon. Les savants nomment ce phénomène « loi de la gravité universelle ». Loi, Bidoul, on la nomme loi.

– Oui, monsieur le commissaire.

– Et cependant nous autres, représentants de l'ordre, faisons respecter une loi inverse, appliquée à une gravité d'autre nature, visant à rétablir l'objet en sa hauteur. Ou l'empêchant de choir. N'est-ce pas étrange qu'il faille composer avec deux lois, contradictoires et cependant nécessaires ?

– Je ne sais pas, monsieur le commissaire.

– Lambot, dites-vous ?

– Eugène Lambot, quai du Trompette, chez Léonie Deremme. Décédé par une balle d'arme à feu dans la tempe droite, et…

– Oui oui. C'est parfait, tout cela, Bidoul. Vous êtes un homme opiniâtre et un excellent policier.

– Merci, monsieur le commissaire.

– Vous pouvez disposer de votre journée.

Bidoul eut un sursaut. Il s'était attendu à autre chose, à recevoir des instructions. Il demanda :

– Et pour Lambot, Becker et tout ça, qu'est-ce qu'on fait ?

– Voulez-vous me donner vos notes ?

Bidoul poussa devant le commissaire, parmi les épluchures de crayon, son petit carnet. Puis il redemanda :

– Qu'est-ce qu'on fait ?

– Rentrez chez vous.

– Plaît-il ?

– Je l'ordonne à tous, ajouta Vermeulen. Vous revenez de Basse-Wavre ? Et vous n'avez pas entendu le bruit de la mitraille et du canon ? Les Allemands tombent dans des embuscades que leur tend l'Armée secrète et ça déchaîne leur colère. Ils dynamitent les ponts, ils préparent leur fuite. On dit que les Britanniques ont dépassé Bruxelles, que les Américains foncent vers nous. Combien de personnes avez-vous rencontrées dans les rues ?

– Très peu. À vrai dire, presque aucune.

– Ils sont tous dans les caves et ils font bien. Je vous raconte la suite ? Il va faire mauvais. Alors imitez les gens de bon sens et rentrez vous abriter, le temps que s'éloigne la tempête qui va nous tomber dessus.

– Mais Lambot ?

– Il ne va pas mourir deux fois.

C'était tout. Le commissaire avait fait comprendre à Bidoul qu'il ne plaisantait pas. Et l'agent quitta le bureau, sans très bien savoir la résolution qu'il comptait prendre. Obéir à Vermeulen et se terrer dans une cave ? Ou poursuivre cette enquête qu'il avait entamée, qu'il regardait comme étant la sienne, et dont le commissaire ne l'avait pas formellement dessaisi ? Mais les canons ?

Il en était là de ses ruminations quand il vit arriver devant lui son camarade Mélardy, celui-là même qui, au matin, lui avait raconté sa piteuse rencontre avec le clan Becker et la tache d'œuf sur son revers.

– T'es encore là, Bidoul ?

– Où veux-tu que je sois ?

– Vermeulen a ordonné qu'on s'abrite.

– Il m'a dit cela, oui.

– Cours-y vite, mon vieux. Ça va péter !

Et, ayant dit, Mélardy s'engagea dans le couloir dans la direction de la sortie. Pourtant il n'alla pas loin. Après quelques pas, il se retourna, revint auprès de Bidoul et lui dit encore ceci :

– Ton défunt, quai du Trompette, comment tu l'appelles ?

– Lambot.

– Voilà. Je me disais bien.

– Quoi ?

– Un gars terne, pas d'âge, dans un pardessus grisâtre, avec un feutre en fin de course ?

– C'est à peu près ça. Tu le connais ?

– Pas précisément. Mais il est venu ici. Ça devait être au printemps, vers le mois d'avril. Je m'en souviens, c'est moi qui l'ai fait entrer chez le commissaire.

Bidoul sursauta.

– Chez le commissaire ? Lambot a rencontré le commissaire ?

– Il y tenait ! Il ne prétendait s'en remettre à personne d'autre qu'à Vermeulen. Il a fait le siège du bureau deux jours de suite, alors tu parles si je m'en souviens. Il attendait, là, sur ce banc, son feutre sur les genoux, que le commissaire veuille le recevoir et ça ne semblait pas possible facilement.

– Pourquoi si longtemps ?

– Je n'en sais rien. Le commissaire était absent, ou chez le substitut, je ne saurais dire, ça ne se mettait pas. Finalement ça s'est mis.

– Sapristi ! Merci, Mélardy, c'est un bon tuyau.

– Pas de quoi, mon vieux. Je file.

Une détonation assourdie, suivie d'une autre, qui emportèrent sa décision : il n'était pas de saison de courir les rues mais de rassembler ses pensées. Il ferait aussi bien cela chez lui qu'ailleurs et quitta le commissariat en vue de rejoindre la rue du 4-Août. Wavre semblait déserte et vide mais on percevait gronder l'arrière-pays, comme une tempête violente qui marcherait par le nord-est. Bidoul ne savait pas du tout à quoi s'en tenir sur ces événements guerriers en dehors de ce que le commissaire lui avait dit, alors il accéléra son pas. Comme s'il prenait la mesure du contexte. Depuis la veille, absorbé par son affaire, il n'avait eu l'esprit intéressé que par Lambot, Deremme, Flémal, Becker... Le quai du Trompette avait détourné son attention de la guerre, et voilà que la guerre soudain s'était remise à faire assez de bruit pour détourner son attention du quai du Trompette.

Il courait presque au moment de tourner le coin de la rue du Chemin de Fer, et fut chez lui en deux minutes. Une fois dans le vestibule, après avoir refermé la porte, il hésita s'il fallait grimper à l'étage ou descendre à la cave. L'idée de se serrer auprès de ses voisins, le gros Nicaise et le petit, entre le couple Jaspart et la vieille Gilson, ne le tentait pas : il choisit de monter. Son petit appartement lui offrait un sentiment de sécurité suffisant. D'ailleurs il voulait pouvoir travailler. Ce que Mélardy lui avait confié, juste avant de s'enfuir, avait renversé la table : les cartes du jeu s'en trouvaient éparpillées dans un ordre différent.

Lambot s'était rendu chez le commissaire en avril. Pourtant, lorsque Bidoul avait demandé à son chef si le nom du mort lui était connu, la réponse avait été « Pas le moins du monde. » Lambot avait assiégé le bureau du commissaire. Il avait assez tenu à le voir pour que Vermeulen, dont ce n'était d'ailleurs pas le genre, eût pu l'oublier. Que fallait-il en penser ?

Qu'est-ce que Lambot était venu dire au commissaire ? Pourquoi Vermeulen avait-il prétendu ne pas le connaître ? Qui donc avait tué Lambot ?

Il fallait tout reprendre.

Soudain, quelques coups furent frappés à la porte et Bidoul, qui se tenait debout devant sa fenêtre afin de mieux réfléchir, traversa la pièce pour aller ouvrir. Il eut devant lui deux gaillards de sa connaissance, le jeune Albert Loicq et son camarade Norbert Patiny, lequel habitait la maison voisine. Deux hommes jeunes et francs dont Bidoul avait entendu dire qu'ils appartenaient peut-être au refuge Ichtus de l'Armée secrète. Mais on ne cherchait habituellement pas à creuser ce genre de rumeur, pour la tranquillité de tous.

Ils semblaient tous deux soulevés par une fièvre qui les auréolait de clarté. Patiny parla :

– Écoute, Bidoul, je file avec Loicq vers Overijse.

– Ah.

– Ne me demande pas pourquoi.

– Non.

– On n'a pas le temps de respecter tous les protocoles. Alors prends ça.

Il déposa sur une table une petite enveloppe fermée puis il poursuivit :

– Ce soir, je reviens chercher cette lettre.

– Oui.

– Mais, si je ne suis pas venu à huit heures, tu l'ouvres. Elle contient une deuxième enveloppe sur laquelle tu trouveras un nom. Tu sors l'apporter à la personne dont le nom y est écrit. Tu me suis ?

– Parfaitement.

– C'est tout. Et souviens-toi que, si l'enveloppe est ouverte quand je viendrai la chercher, ça ira mal.

Bidoul éprouva un sentiment désagréable : menaçait-on de la sorte un représentant de la loi ? Il prit sur lui et n'émit pas de commentaire. C'était convenu : à huit heures, sans nouvelles de Patiny ou de Loicq, il porterait le pli à l'adresse indiquée.

Les deux jeunes gens sortirent. Et Bidoul jeta un bref coup d'œil sur cette enveloppe, sans la toucher.

Puis, ouvrant son garde-manger, il eut le bonheur d'y trouver un demi-pain et du fromage. Il était près d'une heure, il avait la dent, et il dîna de ça.

Le général Montgomery 07

Le commissaire Vermeulen avait peut-être menti pour ce qui concernait Lambot. Mais il n'avait pas eu tort quant aux dangers qui allaient s'abattre sur la ville de Wavre, ce lundi 4 septembre 1944. Les Allemands, croyant que les troupes alliées entraient en ville, actionnèrent les batteries lourdes de la Flak situées sur l'aérodrome de Beauvechain, et la rive gauche de la Dyle fut pilonnée de telle sorte que Bidoul, dans son refuge de la rue du 4-Août, entendit le fracas des obus durant la moitié de l'après-midi.

C'était contrariant car il avait besoin de réfléchir. Il avait remis ses notes entre les mains du commissaire, ce qui était déjà en soi un acte singulier, et s'efforçait de restituer de mémoire tous les éléments qu'il avait appris.

Eugène Lambot vit petitement dans sa chambre du quai du Trompette. Un jour, une femme le rejoint, Lucienne Goossens. Qui est-elle ? D'où vient-elle ? Se connaissent-ils ? Il est à croire que la logeuse elle-même, Léonie Deremme, l'ignore. Toujours est-il que Lambot semble fort épris de cette jolie personne. Pourtant, un jour de février, Lucienne Goossens quitte le quai du Trompette et se rend chez les Becker. Le témoignage d'Arsène Pirlot l'établit.

Lucienne Goossens disparaît de la carte, victime sans doute des frauduleuses pratiques des Becker, de mèche avec l'occupant. Mais en avril, voilà que Lambot se rend au commissariat, insiste durant deux jours pour parler au commissaire Vermeulen en personne, et y parvient. Le commissaire affirme pourtant ne rien connaître d'Eugène Lambot. Lequel, atteint d'une leucémie au dernier degré, condamné par la Faculté à ne pas voir l'automne, est assassiné d'une balle en son logis. Sa poche délivre un billet que Monika Becker ne conteste pas avoir écrit.

Et puis ?

Plus il considérait les pièces de son affaire, plus l'agent Bidoul mesurait à quel point il lui en manquait. Les questions surgissaient au coin de chaque hypothèse : pourquoi le commissaire avait-il menti ? Qu'est-ce que Lambot savait exactement des trafics du clan Becker ? Qu'est-ce qui rendait la mort de Lambot si urgente qu'on ne pouvait attendre le travail de la leucémie ? Qui était Lucienne Goossens ? Léonie Deremme en savait-elle davantage que ce qu'elle voulait bien en dire ?

Et surtout : qui donc avait tué Lambot ?

Bidoul enrageait un peu et trépignait beaucoup. Il était cloîtré en sa demeure par le double effet des objurgations du commissaire et des bombardements qui s'abattaient sur le quartier. Enfin, n'y tenant plus, il sauta de la chaise où il était assis, revêtit sa veste, boucla sa ceinture, se coiffa de son képi. Ce fut à peine s'il jeta un regard à l'enveloppe de Patiny, qui était restée sur sa table, et il sortit.

Une fois dans la rue, il pensa au meilleur moyen de gagner Basse-Wavre en échappant aux périls qui risquaient de se dresser sur sa route ou de lui tomber sur la tête. Il élabora mentalement un itinéraire et s'y jeta. La chance le favorisa car, s'il tombait des bombes, ce n'était jamais à l'endroit où il se trouvait. Il entendait bien que des explosions retentissaient quelque part mais il échappait au désastre et, tout en courant, il vint à la conclusion que les batteries allemandes ne le visaient pas personnellement. Il en reçut un regain de courage et poursuivit son chemin.

Il tourna bientôt dans la chaussée du Tilleul. Franchit le passage à niveau. Et se dirigea vers le domicile d'Arsène Pirlot. Il frappa.

Un obus venait de s'abattre sur la hauteur du plateau de Statte et, à cause du vacarme, Pirlot n'avait peut-être pas entendu l'agent frapper, aussi celui-ci recommença-t-il à tambouriner sur la porte. Enfin, l'on ouvrit. Le visage apeuré d'Arsène Pirlot parut et, voyant qu'il s'agissait du policier, l'homme ne sut s'il devait ouvrir, faire entrer Bidoul, ou l'exhorter à s'enfuir et à se mettre à l'abri de même que le commissaire l'avait fait. Ce fut Bidoul qui décida. Il dit :

– Une simple question, monsieur Pirlot. Vous vous rappelez cette dame au manteau vert ?

– Fort bien.

– Quelque temps après, avez-vous souvenance d'un homme de taille moyenne, un pardessus grisâtre, un feutre mou, du nom de Lambot ?

– Lambot ?

– Précisément.

Un obus tomba, un peu plus près, et Pirlot voulut refermer la porte mais Bidoul y avait mis le pied.

– Lambot, monsieur Pirlot.

– Oui. Oui, un Lambot est venu. Il m'a demandé tout comme vous si j'avais vu cette dame.

– Que lui avez-vous répondu ?

– La même chose qu'à vous.

– Quand était-ce ?

– Est-ce que je sais ? Il pleut des bombes, enfin ! Est-ce le moment ?

– Il n'y a pas de moment qui tienne, monsieur Pirlot. Voulez-vous que j'arrête ces Becker, ou non ? Il faut me répondre.

– Oui ! Lambot est venu. Il était inquiet. Il me demandait mille détails que je ne pouvais lui fournir. La dame était allée chez les Becker avec cette petite valise, je ne savais rien de plus.

– Ensuite ?

– Lambot ? Il est allé chez les Becker, et c'est tout. Allez-vous-en, je vous en supplie !

– Je vous remercie, monsieur Pirlot.

La porte, aussitôt que Bidoul en eut retiré le pied, fut claquée. Il ne restait qu'à regagner la rue du 4-Août. Et le policier, qui possédait une nouvelle pièce, avait besoin de l'ajuster dans le tableau global. Où pouvait-elle prendre place ? Lambot s'était rendu chez les Becker, après que Lucienne Goossens l'avait quitté. Ce n'était d'ailleurs pas étonnant : les Becker n'avaient-ils pas traité Lambot d'emmerdeur ? Cela, de même que le billet de Monika, donnait à penser qu'ils s'étaient au moins connus. Bidoul savait donc où chercher. À moins…

Il n'avait pas marché deux cents mètres qu'il fit demi-tour et retourna chez Pirlot. Il frappa. Frappa encore. Et encore. Par bonheur, les obus avaient provisoirement cessé de s'abattre, et Pirlot vint ouvrir, aussi pâle que du papier. L'homme n'eut pas la ressource de se lamenter, il sembla se résigner à répondre à ce qu'on voudrait, et Bidoul demanda :

– Un mot encore, monsieur Pirlot. Lorsque Lambot est venu à vous, cherchait-il cette dame en suivant une piste précise ? Ou lançait-il ses filets de toutes parts ?

– Je ne comprends pas.

– C'est simple ! A-t-il frappé à votre porte en vous demandant si vous aviez vu justement une dame en manteau vert se rendre chez les Becker ? Ou vous a-t-il demandé si vous aviez vu une dame en manteau vert, sans autre précision ?

– Je comprends. Il m'a dit qu'il cherchait cette dame, qu'il se renseignait de tous côtés. Il n'a pas prononcé le nom des Becker. C'est moi qui lui ai dit que, certes, cette dame, je l'avais vue, et qu'elle se rendait chez ces bandits.

– Autrement exprimé, jusqu'à ce que vous lui disiez le nom des Becker, il ignorait encore par quelle direction chercher ?

– En effet, je l'affirme. Lorsque j'ai répondu que j'avais vu cette dame, et qu'elle était allée chez les Becker au plus froid de février, il a presque bondi de surprise.

– Monsieur Pirlot, vous venez de rendre à la police, à la justice, à la loi, un éclaircissement précieux. J'oserais même dire « capital, crucial »...

– À votre service.

Arsène Pirlot, vérifiant qu'il en avait terminé avec l'agent, referma sa porte pour la deuxième fois et Bidoul reprit le chemin de la ville avec un sentiment d'allégresse et de satisfaction qui était assez nouveau pour lui. Cette entrevue avec Pirlot avait été riche de renseignements utiles mais elle soulevait derrière elle d'autres et nouvelles interrogations. Telle que celle-ci : Lambot s'était-il rendu chez le commissaire avant, ou après, avoir découvert que Lucienne avait filé chez les Becker ?

Autrement posée, cette question revenait à se demander si Lambot, après que Lucienne l'avait eu quitté, avait demandé l'aide de la police afin de la retrouver. Ou si, ayant découvert qu'elle était la victime des Gitans, il s'était tourné vers le commissaire pour qu'il gagnât Basse-Wavre et la sauvât de ce trafic. Ce devait être important. Bidoul sentait qu'il touchait au nœud de l'affaire et il réfléchissait avec une profonde gravité.

Comme il se rapprochait de la rue du 4-Août, il eut la surprise de voir une maison éventrée par un bombardement, et reconnut le logis d'un camarade nommé Baras dont le père était comptable à l'Hôtel de Ville.

– Bigre !

Il se demanda si Baras était sauf mais rien dans les décombres ne donnait de signe dans un sens ou dans l'autre. Il eut de la peine à voir cette maison démolie : l'obus avait pénétré par le pignon de gauche et l'on apercevait une chambre par le mur défait. Un lit, une commode, un miroir. Bidoul s'aventura de quelques pas pour mieux voir mais ne remarqua rien ni personne. Si les Baras s'étaient abrités dans leur cave, ils étaient en vie. Comment savoir ?

Il s'approcha du soupirail par lequel on descendait le charbon, et appela :

– Baras ?

– Qui est là ?

C'était le père.

– Ici, Bidoul, l'agent de police. Est-ce que tout le monde est sauf ?

– Mais oui ! Que se passe-t-il ? Nous avons entendu un énorme grondement.

– Oh.

– Hé bien ?

– Bah ! Vous êtes en vie, n'est-ce pas ? Tant qu'on a la santé, pourquoi se soucier du reste ? Restez bien où vous êtes, monsieur Baras, il fait malsain dehors. Mes amitiés à madame Baras.

Il reprit son chemin et fut bientôt chez lui. Où en était-il ? Savoir si Lambot avait rencontré le commissaire avant, ou après, avoir appris où se trouvait Lucienne. Bidoul se représentait la situation : Lucienne Goossens arrive un jour quai du Trompette avec sa valise et son manteau vert, elle s'y installe auprès de Lambot qui s'éprend d'elle. Un jour de février, voilà cette Lucienne qui, ni deux ni trois, boucle sa valise et gagne Basse-Wavre où elle tombe dans les griffes des Gitans. Lambot, éperdu, ne sachant où se rendre ni que faire, arpente la ville et la basse-ville en s'enquérant de sa fiancée. Il y met le temps nécessaire. Deux mois. Deux mois durant lesquels, en dépit de la maladie qui lui ronge le sang, il se rend de toutes parts et questionne : a-t-on vu cette jolie jeune femme au manteau vert, au chapeau rouge ? Jusqu'à ce que, un jour d'avril, Arsène Pirlot le renseigne. Il est nécessaire de penser qu'il se porte aussitôt chez les Becker puisque ceux-ci le traitent aujourd'hui d'emmerdeur : c'est donc qu'ils se sont connus. Et Lambot les emmerde si bien que Monika lui adresse quelques lignes d'avertissement, effrayantes par leur orthographe. Ensuite, oui, c'est ainsi que les choses doivent s'être déroulées, ensuite Lambot fait le siège du bureau du commissaire où il finit par être reçu. Le pauvre homme est harcelé par la leucémie, par les Becker et par le désespoir. Et que le commissaire lui dit-il ? Et quelles démarches le commissaire entreprend-il ?

Enfin Lambot meurt. Et Vermeulen ment à Bidoul, en affirmant ne rien connaître de ce particulier.

Le policier en était là de ses pensées lorsqu'il entendit une rumeur, à l'extérieur. Qu'était-ce encore ? Un grondement de moteurs qui venait du nord. Bidoul se porta auprès de sa fenêtre et vit cet incroyable spectacle d'une colonne de véhicules arrivant par la chaussée de Bruxelles. L'incroyable ne tenait pas à ce qu'il se fût agi de blindés : on en avait tant vu… Mais ces appareils étaient britanniques !

L'agent se coiffa de son képi. Serra son ceinturon. Descendit voir. Et vit : cette colonne, après avoir franchi le passage à niveau, avait tourné le coin et s'était engagée dans la rue du 4-Août ! Des Wavriens peu à peu sortaient de chez eux pour mesurer cet événement considérable : était-on délivrés du Boche enfin ? On ne savait que penser.

Lentement, les véhicules manœuvrèrent jusqu'à occuper à peu près toute la longueur de la rue en faisant résonner le pavé. On compta pas moins de quatre blindés lourds à chenilles, une douzaine de blindés légers, quelques fourgons de logistique et deux voitures de commandement. Des soldats paraissaient dans les ouvertures, attendant les ordres, et le grondement des moteurs, au ralenti, semblait un feulement de grands fauves.

Patiny parut, avec Loicq. Ils avaient peine à contenir une exaltation qui, lorsqu'on sut, fut comprise de chacun. Bidoul fit à Patiny cette question :

– Tu viens chercher ton enveloppe ?

– Mon enveloppe ? Tu peux la manger, mon vieux ! Ça n'a plus d'importance à présent !

À une jolie jeune voisine qui, au bruit, était remontée de sa cave, Loicq offrit l'explication que l'on attendait : sachant que les troupes alliées se trouvaient non loin, il s'était dépêché avec Patiny, à travers les champs, de les rejoindre. Ils avaient trouvé les Anglais à Tombeek. Patiny le reprit :

– Pas les Anglais. Les Gallois.

– C'est exact : le 2e bataillon des Welsh Guards. Qu'importe. On a demandé à parler à un officier, on lui a raconté une histoire pour le convaincre de foncer sur Wavre. Il paraît que Wavre est situé en secteur américain, que ça posait une difficulté. Mais l'officier s'est mis par la radio en relation avec Montgomery qui a ordonné d'y aller.

– Vive Montgomery !

– Vivent les Alliés !

– Vivent nos libérateurs !

La jolie jeune voisine se pendit au cou de Loicq et lui hurla sa gratitude dans l'oreille. L'agent Bidoul, soudain, sentit poindre une inquiétude. Et il se mit à songer :

– Et si j'avais fait fausse route ? Et si les Becker n'avaient rien à voir dans toute cette affaire ? Et si Lambot était mort pour de toutes autres raisons ? Et si la solution était à chercher ailleurs ? Et si tout était à refaire ?

L'agent Mélardy 08

Une certaine confusion régna le lendemain, mardi 5 septembre, dans la ville de Wavre. De nombreux habitants, s'étant rendus à la rue du 4-Août pour vérifier de leurs yeux la présence des troupes britanniques, remplissaient les rues, sortaient les drapeaux et pavoisaient leurs habitations.

La victoire pourtant était loin d'être acquise et l'enthousiasme versa dans le désarroi lorsqu'on apprit qu'une compagnie de la 9e division SS Panzer était entrée en ville afin de faire barrage à la progression des Alliés. Durant de longues heures, en cette matinée, l'espoir bascula d'un camp dans l'autre, puis inversement. On annonçait que des Allemands se rendaient mais qu'un pompier belge avait été tué sur la place du Sablon. Les citoyens hésitaient à regagner leurs abris, tant l'imminence de la libération leur avait paru proche.

Au Fin Bec, un Panzer prit position et pointa son canon dans l'enfilade de la rue de Bruxelles. Un char Cromwell lui faisait face, qui venait de détruire un camion allemand, et les deux blindés se livrèrent un combat dont le Teuton fut vainqueur. Victoire inutile : bientôt il fut contraint de se retirer, sur ordre, et de filer par l'avenue Reine-Astrid.

L'agent Bidoul avait mal dormi. Non par la faute de cette colonne britannique ayant campé sous ses fenêtres, mais par celle de l'affaire Lambot qui l'avait tenu éveillé jusqu'à une heure du matin. Il ressassait dans son esprit les hypothèses effrayantes qu'il avait entrevues. Averti par Eugène Lambot des sombres méfaits du clan Becker, le commissaire Vermeulen n'avait pas réagi. Que cela signifiait-il ? Son inaction n'avait-elle pas eu pour conséquence le décès du pauvre homme ? Ce serait grave, très grave !

Bidoul n'osait se poser à lui-même l'ultime et terrifiante question qui, pourtant, devait être envisagée : et si le commissaire était de mèche avec les Becker ? Le cas s'était rencontré… Et si le commissaire, par la position qu'il occupait, couvrait les agissements des Gitans, leur permettant d'œuvrer sans crainte ? Pour quelle raison se serait-il rendu complice d'un si horrible trafic ? Il suffisait de supputer les profits que devaient valoir aux Becker leurs affreuses forfaitures, et l'on avait une réponse possible. Bidoul ne pouvait s'y résoudre encore.

Il tentait d'ouvrir d'autres pistes. De porter ses réflexions dans un tout autre sens. Mais il n'en résultait rien : chacune de ses conclusions le reportait invariablement aux Becker. Aux Becker que le commissaire n'avait jamais inquiétés. Et à Lambot que Vermeulen avait affirmé ne pas connaître.

Si pourtant c'était vrai, comment Bidoul confondrait-il Vermeulen ? La tâche lui parut très au-dessus de ses forces. Il avait besoin d'un comparse, quelqu'un de puissant. Les noms de Jadot, Renard et Delforge passèrent dans son esprit, mais Jadot était veule, Renard se trouvait en captivité en Allemagne et Delforge vouait un culte au commissaire.

Restait Mélardy. Un bon camarade. Pas le policier le plus intrépide ni le plus intelligent du poste, mais un type fiable et franc. Où le trouver ?

Bidoul se rendit en ville. Au poste, il rencontra Cuvelier qui lui suggéra d'aller vérifier du côté de la rue de Nivelles : Mélardy avait affirmé qu'il voulait voir si l'Institut de la Providence avait souffert des bombardements, car sa fille fréquentait l'école.

Des partisans, des hommes en civil munis de carabines, des francs-tireurs qu'on ne connaissait pas, couraient au milieu des rues afin de rejoindre les quartiers où l'on se battait, ne doutant pas que les Britanniques pouvaient avoir besoin de leurs renforts. Et d'autres gens refluaient dans le sens inverse afin de retrouver un refuge qu'ils avaient trop vite quitté. Tout cela était confus, on ne savait qui était maître de la ville, et Bidoul en éprouva l'idée pénible que Wavre n'était aux mains ni des Allemands, ni des Alliés, mais du chaos. Enfin il découvrit Mélardy dans une situation qui l'impressionna très favorablement à l'endroit de son collègue : l'agent, au milieu d'un carrefour, s'efforçait de régler la circulation. Des véhicules de toutes sortes tentaient de venir ou de s'en aller, au milieu d'une cohue de piétons indociles, et Mélardy refusait de laisser le désordre s'installer.

Bidoul le héla. Mélardy, voyant son jeune camarade, hésita sur la conduite à tenir.

– J'ai besoin de toi, Mélardy !

– C'est urgent ?

– À un point que je ne saurais dire !

Mélardy quitta son poste au milieu du carrefour et, peut-être, s'en trouva-t-il soulagé, sans se l'avouer tout de même.

– Mon vieux, c'est la débandade ! Un chambard jamais vu ! Les gens les plus sérieux se marchent dessus, c'est un piétinement, un ébranlement, une sédition !

– Il y a pire. Suis-moi.

Mélardy, sans protester, accompagna Bidoul et ils s'engagèrent dans la rue Haute. Tout en marchant, Bidoul affranchit son camarade en lui exposant les faits tels qu'il les avait reconstitués, puis les conclusions auxquelles ces faits l'avaient conduit.

Mélardy écoutait et ponctuait d'interjections le récit de son collègue.

– Tu me l'as dit, n'est-ce pas ? Lambot s'est rendu auprès de Vermeulen !

– Et je te le redis !

– Qu'est-ce que tu en déduis ?

– Foutre ! Que penser ?

Arrivés au coin où s'érigeait l'Institut Saint-Jean-Baptiste, ils osèrent un regard, à l'abri de la muraille, afin de voir s'ils pouvaient s'avancer. La carcasse d'un camion allemand et celle du char Cromwell qui, après avoir démoli le camion, s'était fait canonner par le Panzer du Fin Bec, leur permirent quelques pas. Au-delà, c'était la chaussée de Bruxelles toute droite jusqu'à la Dyle. Une affaire de deux cents mètres avant d'obliquer dans le quai du Trompette, à la hauteur du pont détruit la veille.

– Prêt ?

– S'il le faut…

La chaussée de Bruxelles était déserte et l'on entendait que les combats s'étaient déportés vers Basse-Wavre. Les Allemands s'étaient retranchés au Séminaire et les Britanniques avaient fini par les y acculer. Il était donc possible de se risquer, ce que firent les deux policiers.

Ils remontèrent la chaussée au pas de gymnastique et furent bien heureux d'aboutir au quai du Trompette. Ils remirent de l'ordre dans leur tenue et frappèrent à la porte de Léonie Deremme. Celle-ci leur ouvrit.

– Ça faisait longtemps.

– Madame Deremme, prononça Bidoul, voici mon camarade Mélardy. Pouvons-nous rentrer ?

Admis dans le vestibule, ils ôtèrent leurs képis et suivirent la logeuse dans cette pièce confortable où Bidoul avait été accueilli déjà. Léonie Deremme avait l'attitude patiente de celle à qui l'on vient raconter une histoire qui ne la concerne que de loin. Le trépas de son locataire était une péripétie comme il en existe. Elle était disposée à fournir à la police les services qui lui seraient demandés mais elle ne voyait pas en quoi elle pouvait encore se rendre utile et elle attendait, sans impatience ni curiosité. L'agent Bidoul demanda :

– Outre cette Lucienne, qui demeura quelques mois auprès de Lambot, et le docteur Flémal, arrivait-il que votre locataire reçût d'autres visites ?

– Aucune, je vous l'ai dit.

– Une femme jeune, élancée, vêtue bizarrement, avec des yeux vaguement asiatiques et un accent slave ?

– Jamais vu ça de ma vie.

– Un petit homme grassouillet d'environ cinquante ans, avec une forte moustache ?

– Non plus, fit Léonie Deremme avec placidité.

– Le nom de Becker vous est-il familier ?

– Les Gitans de Basse-Wavre ? Familier, c'est beaucoup dire. On connaît ce nom-là comme tout le monde.

– Vous n'avez jamais entendu Lambot prononcer ce nom ?

– Pourquoi m'en aurait-il parlé ? Non, jamais.

– Ni celui du commissaire Vermeulen ?

– Pas davantage.

La dame ne s'impatientait pas. Elle répondait posément aux questions qu'on lui posait. Alors ce fut Mélardy qui intervint. Il avait son avant-bras posé sur la table, sa main touchant son képi, et il regarda Léonie Deremme d'un œil durci :

– Dites donc…

La logeuse se tourna vers lui d'un air tranquille. Le policier suspendit sa phrase, pour faire peser une sorte de sous-entendu menaçant, puis il dit :

– Quelles étaient au juste vos relations avec Eugène Lambot ?

– Bonjour bonsoir. Nous nous croisions dans le vestibule, parfois.

– Rien d'autre ? Est-ce la vérité ?

Bidoul se demanda où son collègue voulait en venir et il commençait à se sentir mal à son aise, et Mélardy poursuivit :

– Pas de sentiment, chère madame. Il faut considérer les faits, rien que les faits. Or, les faits, que disent-ils ? Ah ! Vous ne voyez pas ? Je vais vous le dire.

Un silence encore, destiné à marquer l'esprit de Léonie Deremme, puis il reprit :

– Eugène Lambot décède, seul, dans sa chambre, d'un coup de feu qui lui fut porté à la tempe. Aucun témoin. Nulle trace de lutte. Il ne se méfiait pas de celui – ou de celle… - qui allait bientôt le trucider !

– Vous pensez que j'ai tué Lambot ? demanda Deremme sans s'émouvoir.

– Nous n'excluons aucune hypothèse, madame. N'y voyez rien de personnel contre vous, c'est le métier qui l'exige. Or donc, qui d'autre aurait eu l'occasion de pénétrer chez Lambot, de lui tirer une balle dans la tête, et de faire disparaître l'arme en toute tranquillité ? Qui d'autre que vous, madame ?

– C'est à vous de me le dire.

– Maintenant, si vous le permettez, j'aimerais pouvoir me faire ma propre opinion, et de mes propres yeux, sur le théâtre du crime. Permettez ?

Ils se levèrent tous trois et, tandis que Léonie Deremme les précédait dans l'escalier, Mélardy chuchota quelques mots à l'adresse de Bidoul :

– Un regard neuf, mon vieux, ça n'est jamais inutile.

– Tout de même… Tu ne penses pas sérieusement que la vieille a refroidi son locataire ?

– Et pourquoi pas ? Je te le demande !

Laissant Bidoul perplexe, Mélardy s'engagea dans la chambre dont la logeuse avait ouvert la porte. Il l'empêcha d'entrer puis, dès qu'il eut jeté un coup d'œil dans la pièce, il s'exclama :

– Le ménage a été fait !

– Évidemment qu'il a été fait. C'est une maison propre, ici.

– C'est fâcheux. Fâcheux, et… suspect, madame. Pourquoi faire le ménage, si ce n'est pour effacer des traces qui vous compromettraient ?

Sur le parquet, à l'endroit où le corps gisait, une tache noirâtre avait été frottée à la brosse de fer et au savon. Mélardy ne s'y intéressa guère mais son regard balaya la chambre. Puis il se mit à quatre pattes et regarda sous le lit scrupuleusement. Soudain, il eut un cri de triomphe et, ayant lancé le bras sous le sommier, il en retira quelque chose qu'il tenait entre deux doigts. Il se redressa et, venant à la porte, il dit à Léonie Deremme :

– Une épingle à cheveux ! Et vous me dites qu'il n'y avait pas, entre Lambot et vous, de relations intimes ?

– Une dame a vécu ici durant quelques mois, répondit la logeuse sans se démonter.

Mélardy regarda son épingle à cheveux. Il la glissa dans sa poche et tourna le regard de tous côtés afin de découvrir quelque chose. Enfin, il traversa la pièce et déclara qu'il en savait assez. Tous trois reprirent l'escalier et, se coiffant de son képi, Bidoul remercia Léonie Deremme en termes assez appuyés pour faire oublier la pénible scène dont son collègue l'avait gratifiée.

Une fois dans la rue, quai du Trompette, il dit à Mélardy :

– Tout de même, tu l'as bien secouée…

– Ah, mon bon ami, ce n'est pas de gaieté de cœur, mais ton enquête patine. Il faut donner un coup de pied dans le sac à poussière, vois-tu. Deremme a-t-elle tué Lambot ? Je n'en sais rien. A-t-elle pu matériellement le faire ? Oui.

– Quel aurait été son intérêt ?

– Va savoir. Les femmes, mon vieux, les femmes…

Au loin, des coups de canon résonnaient. Et, se tournant dans cette direction, Bidoul soupira :

– Tu as peut-être raison. Mais je ne sors pas de là : pour moi, c'est à Basse-Wavre qu'existe la solution. Il va falloir que je retourne chez les Becker. Tu m'accompagnes ?

– Tu parles !

Ils se turent alors parce qu'une explosion plus considérable que les autres venait de se produire. C'était là-bas que ça pétait, justement, à Basse-Wavre, où les troupes du 2e bataillon des Welsh Guards en découdaient avec le dernier carré des soldats allemands retranchés dans le Séminaire.

Monika Becker 09

Ils se regardèrent tous deux, Bidoul et Mélardy. Le sens du devoir les soulevait, de même qu'une impatience à résoudre cette énigme que nul, en dehors d'eux, ne semblait vouloir prendre au sérieux. Sans doute songèrent-ils à ce pauvre Eugène Lambot, victime d'un saligaud ou d'une saligote, comme l'avait suggéré Mélardy, car il ne fallait pas être nécessairement un homme pour appuyer sur la détente d'une arme à feu. D'un criminel assez lâche pour s'en prendre à un individu diminué. Pire que diminué : un homme appuyé aux portes de l'agonie. Et doublement lâche, puisqu'il fallait présumer que l'assassin avait cru pouvoir bénéficier des grands désordres qu'entraînent pour conséquences les mouvements de l'Histoire !

C'était cela : Bidoul en acquérait peu à peu la conviction et il eut à cœur de la partager avec Mélardy. L'heure, dans ce qu'elle avait de solennel, commandait de trouver les mots aptes à cerner le contour précis de sa pensée. Il ne redouta point une certaine emphase, et dit :

– Vois-tu, le criminel a dû sentir que la déroute allemande était proche. Que les troupes alliées se trouvaient sur le point de délivrer la ville. Et que l'agitation subséquente serait de nature à entraver le cours de notre enquête. Qui se soucie d'élucider la mort d'un pauvre homme quand la population s'abrite sous les caves, de peur des bombes, et que la victoire ensuite fera danser les foules à travers les rues ? Il a dû se dire : la police aura trop à faire et voilà le moment !

– Cela explique en effet bien des choses, ajouta Mélardy.

Il ne voyait pas exactement ce que cela expliquait mais il lui plaisait, après la scène qu'il avait jouée à Léonie Deremme, de se glisser dans le sens de son collègue afin de lui rendre quelques gages de sa bonne volonté.

Ils eurent un instant de silence. Les circonstances rendaient impossible un périple vers Basse-Wavre et c'était l'occasion d'élever une pensée vers Eugène Lambot, certes, mais aussi vers eux-mêmes, les agents Bidoul et Mélardy, qui n'avaient point dévié de leur mission. Quelles qu'eussent été les circonstances, ils avaient tenu leur ligne. Ils ne s'étaient point laissés détourner de leur enquête, ni de la foi qu'avait placée en eux la population…

Ils se trouvèrent là bien émus d'eux-mêmes et c'était un réconfort. Ils se sentaient grands.

Il était environ trois heures de l'après-midi.

Si, au sortir de chez Léonie Deremme, leur ardeur à la besogne avait été atteinte, les viriles paroles de Bidoul eurent pour effet d'exalter leur conscience, et ils n'eurent pas besoin de se consulter pour décider de poursuivre l'enquête. Cela passait par un nouvel et indispensable interrogatoire de Monika Becker. Ce qui impliquait de devoir se rendre à Basse-Wavre, en proie au déchaînement des armes et du feu. Allaient-ils se risquer, au péril de leurs existences, dans les fracas de l'impitoyable combat que se livraient là-bas les forces du Mal et les troupes du Bien ?

Il le fallait. Un détour était nécessaire : ils remontèrent la chaussée de Bruxelles et franchirent le passage à niveau puis, à une hauteur jugée raisonnable, ils prirent à droite et se mirent en devoir de rejoindre le campement Becker en contournant, autant que possible, l'épicentre des luttes.

Ce fut une odyssée. Ils rencontrèrent des embûches et les surmontèrent ; croisèrent des estafettes et les saluèrent ; observèrent à distance un blindé allemand qui brûlait, et s'en réjouirent. On entendait le son des canons, le ronflement des moteurs diesel qui précipitaient des charges d'acier vers le conflit ! De lourds panaches de fumée noire, au moins quatre, s'élevaient à gros bouillons depuis des lieux d'incendies.

Bidoul et Mélardy, chaussée de l'Herbatte, virent arriver par devant eux six fusiliers gallois escortant le même chiffre de soldats allemands qui avaient rendu les armes et marchaient avec le visage vers le pavé. Les Gallois emmenaient leurs prisonniers vers l'arrière et les deux policiers s'arrêtèrent afin de les voir passer tous.

– Tout de même, c'est quelque chose ! s'exclama Bidoul.

– Tu l'as dit.

Ils n'étaient alors plus guère éloignés du camp Becker que de deux coins de rues et s'avancèrent avec prudence. Savait-on ce qu'on trouverait devant soi ? Or, devant soi, il n'y eut rien. Le chemin de fer, la ferme de l'Hosté.

Les combats se tenaient un peu plus loin, derrière le collège. Et les deux policiers purent s'engager sur le chemin de terre qui menait aux baraques des Becker, sans être inquiétés.

Bientôt ils y furent. Le brasero ne brûlait plus. Le chien ne vint pas les renifler. Ils appelèrent. Ne reçurent pas de réponse. Appelèrent encore puis marchèrent devant la porte de la maison de briques : elle était fermée. Ils parcoururent le campement. Tout était désert.

– Ils ont filé, observa Bidoul.

– Suspect ! Très suspect, ajouta Mélardy.

– Ma visite de l'autre jour les aura alarmés, c'est certain !

– Ou quelqu'un les aura avertis de s'enfuir ? Suis ma pensée, mon vieux !

– Le commissaire ?

– Et pourquoi non ? Tu lui as dit que tu soupçonnais vertement les Becker de toutes les ordures possibles. Alors, s'il est de mèche avec eux, il a pu les alerter en exposant ton enquête.

– C'est fort possible, tu as raison. Je leur ai mis le feu aux fesses et leur fuite est un aveu…

Ils entrèrent en conférence afin d'évaluer le cas où ils se trouvaient. La situation semblait de plus en plus claire. Mais ils ne possédaient toujours aucun moyen de confondre Becker et Vermeulen, les gredins associés. Ils en éprouvèrent un sentiment d'impuissance et de rage : connaître la solution et ne rien pouvoir en faire ! Les coupables leur échapperaient-ils donc ? Les Gitans devaient être loin déjà. Quant au commissaire Vermeulen, c'était un fin renard qui avait soigneusement veillé à se prémunir : on ne découvrirait jamais rien à son encontre, c'était certain.

Ils décidèrent de rentrer en ville et, sur le chemin du retour, Bidoul fit à Mélardy cette remarque signée de bon sens :

– Tu sais quelle est la première qualité pour conduire une enquête criminelle, mon vieux ? C'est une excellente paire de souliers.

– Tu l'as dit.

Depuis l'avant-veille, combien de kilomètres avait-il parcourus en tous sens ? Inutile de les compter. Il s'y essaya tout de même et demeura silencieux un moment, tandis qu'il reconstituait ses trajets.

Puis il fit :

– Quatorze kilomètres !

– Foutre !

– Quatorze kilomètres à pied, mon vieux !

– Et maintenant, qu'est-ce qu'on fait ?

– On irait boire un coup ?

Le pont que les Allemands avaient dynamité, sur la Dyle, n'était pas rétabli encore. Bidoul eût aimé entraîner son collègue au café des Bouchers mais c'était, par le fait, impossible. Aussi se rendirent-ils en ville puisque aussi bien l'occupant avait décidément reflué, en attendant d'être vaincu.

Ils passèrent devant un café mais il était rempli de Wavriens soucieux d'arroser la fin prochaine de la guerre, puis devant un autre. Et Bidoul eut soudain une exclamation :

– Par Jupiter !

– Tu as marché sur un clou ?

– Presque ! Regarde là, mon vieux !

Dans le bistrot où ils s'apprêtaient à entrer figurait une femme qu'on ne pouvait manquer de voir, même de loin : une sorte de danseuse à cheveux longs, vêtue d'un pantalon rouge et d'une chemise bariolée dont elle avait remonté les manches sur les bras.

– Monika Becker !

– Oh ! fit Mélardy.

Ils poussèrent la porte de l'établissement et, se faisant un passage parmi quelques consommateurs demeurés debout, ils abordèrent la jeune femme.

– Monika Becker !

– Tiens, le petit policier…

Elle fumait une cigarette et tenait dans l'autre main une chope d'un demi-litre à moitié vidée de sa bière. Elle sourit et ajouta lentement :

– La cavalerie…

Sa façon de parler était charmante.

– Nous vous cherchions, dit Bidoul.

– C'est gentil de votre part.

– Vous n'avez donc pas fui ?

Elle posa sur Bidoul, puis sur Mélardy, son regard effilé dans lequel brasillait toujours quelque étincelle, et demanda :

– Fuir ? Pour quoi faire ?

– Pour… Mais… Nous venons de chez vous : il n'y avait personne.

– Oh. Mais ils sont à la ferme de l'Hosté. Il y avait des combats dans Basse-Wavre, une balle est vite perdue et Georges a mis la famille à l'abri. Le fermier est un ami.

– Ah ? Tiens !

Bidoul chercha, sans la retrouver, la question qu'il avait médité de poser à la jeune femme. Il se tourna vers son collègue mais n'en obtint aucune aide : Mélardy regardait la Gitane comme un enfant qui aurait aperçu la mitre de saint Nicolas. Il était ébahi, souriait d'une façon qui ne lui faisait pas honneur et sa bouche s'ouvrait un peu. Bidoul revint à Monika Becker et lui demanda :

– Pour quelle raison avez-vous écrit ce billet si menaçant à Lambot ?

– Mais voyons !

Elle sembla surprise par la question. Elle tira sur sa cigarette et répondit posément :

– C'était un emmerdeur.

– Vous l'avez déjà dit.

– Il est arrivé un jour. Il a posé des questions.

– Quelles questions ?

– Sur une femme.

– Lucienne Goossens, je le sais.

– Je n'avais rien à lui répondre. Il n'a pas compris. Il est revenu.

Bidoul écoutait avec attention. Il pensait que la solution était à quelques centimètres de sa main. Qu'il suffisait de tendre le bras. Mais qu'un mouvement précipité lui ferait manquer son but devenu si proche. Il dit :

– Il est revenu. Puis ?

– Avec une arme.

– Une arme ?

– Un pistolet. Un Browning GP-35. Que voulez-vous ? Il agitait son arme sous le nez de Georges. Il criait qu'on lui rendît cette femme ! Comme si nous le pouvions !

– Vous ne niez donc pas que Lucienne Goossens se soit rendue chez vous ?

– Je n'en sais rien. Alors j'ai pris un bout de papier, j'ai écrit quelques mots et je lui ai dit : « Tout est là. Filez. » Il a mis le billet dans sa poche. Il est parti.

Bidoul se tourna vers Mélardy une nouvelle fois. Son collègue demeurait dans cet état de stupeur dont il ne fallait rien attendre et ce fut encore Monika Becker qui ponctua :

– C'est tout.

– Un Browning GP-35 ? Vous êtes sûre ?

Elle sourit encore, écrasa la cigarette sur le sol et répondit :

– Les armes, vous savez…

– Bien. Bien. Fort bien.

Qu'est-ce que Bidoul aurait pu ajouter ? Il prit son camarade par le coude et s'apprêtait à quitter l'endroit lorsqu'une question lui revint :

– Le nom du commissaire Vermeulen vous est-il familier ?

– Je suis gitane.

Elle avait allumé une autre cigarette et souffla devant elle une bouffée de fumée.

– Et alors ?

– Les Gitans connaissent toujours les policiers des villes où ils séjournent.

– Bien. Fort bien.

Cette fois il ne trouva plus rien à dire et emmena Mélardy qui, sortant de sa torpeur, lui fit observer qu'ils n'avaient rien bu ! Bidoul ne répondit que lorsqu'ils furent sur le trottoir :

– On ira boire autre part.

– Mais c'était très bien, là !

– Autre part.

De partout affluaient des gens de toutes sortes. Des cris de joie, des chants. On tenait de bonne source que la 2e division blindée américaine fonçait vers Wavre et que les derniers Allemands de Basse-Wavre étaient sur le point de se rendre, s'ils ne s'étaient déjà rendus.

Armand Brassine 10

Bidoul et Mélardy ne se quittaient plus. Mais, comme ils ne voyaient pas très clairement vers quelle issue se tourner, Mélardy eut l'inspiration de prononcer le nom du brigadier Brassine. Aussitôt Bidoul approuva. Comment ne pas avoir pensé plus tôt à l'armurier du poste ? C'était un homme solide et franc, d'excellent conseil, et l'un des plus anciens hommes du commissariat de Wavre. Il tenait l'armurerie. Cette fonction, d'ailleurs, le désignait : l'affirmation de Monika Becker, selon laquelle Eugène Lambot possédait une arme automatique, rendait nécessaire le concours du brigadier.

Ils y allèrent aussitôt et trouvèrent Brassine dans son atelier, devant son établi. Comme si les tumultes n'existaient pas, comme si les grands mouvements de l'Histoire n'étaient pas en train de retourner l'Europe d'un sens dans l'autre, il avait serré dans un étau le corps d'un pistolet dont, au moyen d'une pince et d'une lime, il rectifiait soigneusement le cran de visée. Brassine était un grand homme fort, aux mains fortes, aux épaules fortes. Il avait une tête plantée sur un cou de bœuf et sa moustache était une poignée de foin noir. Il était vêtu de son bleu de travail. En voyant arriver les deux agents, il leva les yeux de sa besogne et leur fit bonjour d'un mouvement du front. Ce fut Bidoul qui parla.

– Dites donc, chef, on enquête sur la mort d'un particulier qui, je viens de l'apprendre, possédait un Browning GP-35.

– Belle arme, répondit Brassine.

– Ça se trouve comme on veut, un pistolet pareil ?

L'armurier déposa sur l'établi sa pince et regarda franchement les deux hommes. Il sembla réfléchir puis affirma :

– Ça dépend pour qui. On en trouve au marché noir mais c'est de la camelote parce que ceux-là ont été fabriqués à Herstal.

– De la camelote à Herstal ?

– Oui. Les ouvriers de la FN ont été obligés de travailler sous la botte des Schleus et ils ont salopé le travail, exprès. Par contre les plans de l'arme ont pu être évacués en Amérique et l'usine de Toronto en a livré des milliers d'excellente qualité mais je ne vois pas comment votre bonhomme s'en serait procuré un.

– Je vois.

– Qu'est-ce que le substitut en pense ?

Bidoul tressauta. Mélardy regarda autre part. Brassine répéta :

– Tu as prévenu le parquet. Et qu'est-ce que le substitut en pense ? Quel juge instruit cette enquête ?

– Ah ? Bah, c'est compliqué, chef.

– Raconte-moi ça.

Alors Bidoul raconta depuis le début : comment il avait été appelé, un peu par hasard, quai du Trompette, et comment le commissaire Vermeulen était demeuré introuvable et tout ce qui s'ensuivait de ces péripéties. Brassine sourit :

– Hé ben, mon gars ! Pas de descente du parquet ? Rien ?

– Fallait voir ! J'aurais appelé le substitut de garde, à Nivelles ? Il serait venu comment ? Dans un blindé anglais ?

– Va trouver Matagne. Il est substitut. Peut-être pas en fonction dans ce moment mais il habite Wavre, rue Sainte-Reine, et il te dira quoi faire. Il remettra un peu de régularité dans ton affaire.

– Oui, chef.

– Tu lui feras ton rapport. Soigne ça. L'état des lieux, l'avis du légiste.

– Le légiste ?

– Le médecin. Un médecin a tout de même visé le corps ? Délivré le permis d'emmener ?

Bidoul eut la ressource de répondre :

– J'ai vu le médecin du défunt, ça oui. Docteur Flémal… Et l'état des lieux aussi, j'ai fait ce qu'il fallait.

– Dans la Dyle aussi ?

– Quoi, la Dyle ?

– Quai du Trompette, tu me dis que ton mort occupait une chambre dont une fenêtre donne sur la Dyle.

– Oui.

– La Dyle, au bas de la fenêtre, fait partie du périmètre. Tu as regardé ?

– Pas tellement.

– Vas-y voir. Termine ça. Ensuite, Matagne, rue Sainte-Reine.

– Oui, chef. Merci, chef !

Mélardy sortit le premier, après avoir touché la visière de son képi. Bidoul et lui furent bientôt devant le perron du poste, et ils se regardèrent sans oser parler. Ce fut Mélardy qui s'avança :

– Heureusement qu'on a trouvé Brassine.

– C'est sûr.

L'ardeur et la fierté qui les avaient habités tous deux, un peu plus tôt dans la journée, avaient senti passer le frisson glacial d'une dégelée. Mais ils se remirent à l'œuvre et délibérèrent de s'en remettre aux conseils du brigadier. La Dyle, donc. Et de ce pas ! Une, deux, trois, quatre… L'après-midi allait vers son terme, les rues se remplissaient davantage encore de femmes et d'hommes qui, étant remontés de leurs caves, de leurs tanières, de leurs abris, venaient voir si, comme la rumeur le faisait entendre, la délivrance était enfin à portée.

Les deux policiers se rendirent quai du Trompette et, y arrivant, Bidoul demanda :

– On avertit Deremme ?

– Qui ça ?

– La vieille. On lui dit qu'on est là ?

Mélardy tourna la tête vers la rangée de maisons et fit un petit mouvement de la tête :

– Bah, non, je ne crois pas.

– Tu as raison. C'est inutile. On jette un coup d'œil à la Dyle et après on va voir Matagne.

La situation se présentait de la façon suivante : une vingtaine d'immeubles étaient alignés sur le côté pair de la rue. L'extrémité gauche de ce rang d'habitations touchait à la chaussée de Bruxelles, à proximité immédiate de ce pont qui avait été dynamité par les Allemands. Sur l'extrémité droite, cinquante mètres plus loin, les immeubles laissaient place à un muret d'où on pouvait regarder la rivière. La maison de Léonie Deremme étant l'avant-dernière, du côté droit, il était possible de se pencher sur le muret et, de là, d'obtenir une vue de la Dyle et de ses fonds. L'eau était assez claire, peu profonde. Bidoul et Mélardy, appuyés sur ce muret, délivrèrent un coup d'œil comme Brassine leur avait recommandé de le faire et s'apprêtaient à s'en aller, lorsque Bidoul s'écria qu'il y avait quelque chose !

– Je ne vois rien, fit Mélardy.

– Les algues, telles des chevelures vertes abandonnées par une déesse fluviale, dansent et cachent à demi la chose. Mais je vois un objet.

– Bigre !

– Il faut y descendre.

Enjamber le muret, se laisser glisser dans la rivière, faire quelques pas jusque sous la fenêtre de Lambot et s'emparer de ce que Bidoul avait aperçu n'était pas en soi une tâche difficile. Mais il fallait se mouiller. Lequel d'entre eux descendrait-il ? Mélardy s'obstinait à ne pas voir ce que Bidoul avait désigné. Il dit :

– Descends, toi. Moi, je ne vois rien.

– Descends toi-même ! Quand tu y seras, tu verras bien ce que c'est.

– Nous perdrions un temps précieux. Je tâtonnerais. Qui sait si, fouillant la vase, je ne recouvrirais pas cet objet qui serait alors perdu ?

– Je te guiderai.

– Tu sais ? Jouons à pile ou face. Pile, je gagne. Face, tu descends.

– D'accord, fit Bidoul, mais ne triche pas.

Mélardy trouva une pièce dans sa poche, la fit tourner dans l'air et la rattrapa adroitement sur le dos de sa main.

– Pile, je gagne. À toi d'y aller.

– Ce n'est pas une pièce truquée ? demanda Bidoul, soupçonneux.

– Regarde toi-même !

Bidoul retourna la pièce dans sa main : elle était normale. De mauvaise grâce, il ôta ses souliers, puis ses chaussettes, puis son pantalon d'uniforme et se trouva devant le muret en caleçon.

– Il vaut peut-être mieux que tu ôtes aussi ton arme, des fois qu'elle tomberait dans l'eau.

– C'est juste.

Enfin il fut prêt mais ne prétendit pas encore mettre les pieds dans la Dyle. Mélardy le voyait hésiter, se pencher à nouveau sur le muret pour situer ce qu'il avait cru apercevoir.

– Je ne le vois plus.

– Une feuille d'algue l'aura couvert. Tu verras bien ce que c'est quand tu auras les yeux dessus.

– Tout de même… S'il n'y avait rien ? J'ai peut-être mal vu ?

– Il vaut mieux vérifier, dit Mélardy. Sans quoi tu garderais un scrupule qui grincerait dans ton esprit comme un petit caillou.

Bidoul ne trouva plus aucune raison de se soustraire à cette inspection. Aidé de son collègue, il grimpa sur le muret puis se laissa descendre prudemment jusqu'à toucher de ses pieds la surface du flot.

– C'est froid !

– Retiens ton souffle.

Bidoul fit les quelques pas nécessaires qui le menèrent sous la fenêtre de la chambre qu'avait occupée Lambot. S'il avait levé les yeux, il aurait vu cette fenêtre à six mètres au-dessus de lui mais il était bien trop occupé à maintenir son équilibre. Il poussait de grands cris et Mélardy n'épargnait pas sa peine en vue de réconforter son collègue :

– C'est gluant ! gémit Bidoul.

– Normal, à cause des algues.

– Je glisse !

– Mais non.

– Sais-tu que ça ne sent pas bon ?

– Pareil pour moi, mon vieux : l'odeur monte jusqu'ici. Est-ce que je me plains ?

– J'y suis ! Je vois ce que c'est ! Sapristi !

– Quoi ?

– Attends ! C'est une arme !

Bidoul, agitant son corps en tous sens afin de garder son équilibre, s'efforça de retrousser la manche de son veston d'uniforme. Mélardy alors se livra d'initiative à une déduction qui, à ses yeux, était imparable :

– Nous la tenons ! Voilà comment se sont passées les choses : Léonie Deremme survient chez son locataire. Ils se disputent si violemment que Lambot, pour une raison que nous éclaircirons, s'empare de son Browning qu'il cache dans sa commode. Il menace la vieille qui bondit sur son adversaire. Une lutte s'ensuit, une lutte à mort, enfin elle le désarme. N'oublie pas que le gaillard est affaibli par sa maladie… Elle retourne le pistolet contre le malheureux.

Elle voit son existence menacée ? Elle n'hésite pas, elle appuie sur la détente ! Lambot s'effondre ! Deremme, devant ce cadavre encore tiède, ne met qu'un instant à retrouver son sang-froid : elle jette dans la Dyle cette arme qui l'incrimine. Elle sait que, même si nous la retrouvions, aucune empreinte n'y serait visible. Puis elle sort t'appeler. Elle feint le désarroi afin de te donner le change mais elle est en pleine possession de ses esprits. La canaille ! Vois-tu, mon vieux, ce que c'est que le flair. Je ne me trompais pas lorsque je la confrontais à sa faute ! Je l'ai confondue !

– Ça ne colle pas, ce que tu dis : elle était parfaitement calme, quand elle m'a trouvé pour que je constate le crime.

– Raison de plus ! Cela signe sa détermination. Elle ne tremble pas ! Une méchanceté froide, rien de plus répugnant…

– Mais attends donc !

Bidoul plongea le bras dans l'eau. Et s'écria :

– Je l'ai !

– Bravo.

– Mais qu'est-ce que c'est ?

D'où il se tenait, Mélardy n'avait qu'une vue très incomplète du théâtre des fouilles et il demanda :

– Qu'est-ce que c'est ? Une arme, as-tu dit.

– Pas seulement. Attends.

– J'attends. Je ne bouge pas.

– Nom de Dieu ! Désolé, mon vieux, mais ce n'est pas Deremme qui a tué Lambot…

Le substitut Matagne 11

Bidoul eut d'autant plus de mal à remonter sur le quai du Trompette que, d'une part, la Dyle étant plus basse que la rue, il avait presque deux mètres de parapet à gravir ; et que, d'autre part, il tenait contre sa poitrine un étrange appareillage : ce qu'il avait découvert au bas de la fenêtre de Lambot, parmi les algues et les flots.

L'eau lui dégoulinait entre les bras mais il semblait si excité par sa découverte qu'il n'y prit pas garde. L'escalade en revanche lui posait un problème plus difficile. Mélardy essaya bien de lui tendre la main mais il ne parvint à aucun résultat significatif, aussi finit-il par conseiller à son collègue de descendre le cours de la Dyle jusqu'à l'endroit où le pont existait : là, un escalier taillé dans la pente permettrait de rejoindre le quai.

Bidoul suivit ce conseil et marcha une quarantaine de mètres dans la rivière, jusqu'au pont où il trouva en effet le moyen de remonter au niveau de la rue. Mélardy, qui l'avait rejoint, fut accueilli par ce reproche :

– Tu aurais pu m'apporter mon pantalon !

Les effets dont Bidoul s'était dévêtu étaient restés sur le muret, quarante mètres plus loin, et le policier trouvait indigne de sa fonction de se promener dans cet étrange équipage : il portait l'uniforme et le baudrier règlementaires sur le haut de son corps, il était toujours coiffé de son képi, mais quant au reste il était en caleçon, les jambes et les pieds nus. Il fallut parcourir toute la distance qui, du pont, séparait les deux hommes du muret duquel Bidoul avait sauté dans la Dyle. Tout ce temps, et pendant qu'il enfilait ses chaussettes, il ne prétendit pas confier à Mélardy l'objet qu'il avait repêché. Quand, enfin, il fut rhabillé, il consentit à montrer sa découverte.

– Qu'est-ce que c'est que ça ? demanda Mélardy.

– Un Browning GP-35, répondit Bidoul.

– Je le vois. Mais ça ?

– Justement. « Ça », mon ami, ça explique tout…

Ce que désignait ainsi Mélardy était une ficelle. Environ trois mètres de ficelle, dont une extrémité se trouvait attachée au pontet de la détente de l'arme. Et l'autre extrémité de ce cordon était fixée à un poids de fonte de modèle courant muni d'un anneau de fer.

– Et voilà, fit Bidoul.

– Un Browning, trois mètres de ficelle, et un poids d'un kilogramme ?

– Précisément. Je comprends tout. Deremme n'a pas tué Lambot, pas davantage que Monika Becker, et c'est bien plus grave que ça…

Mélardy considérait l'ensemble avec perplexité. Mais il n'était pas temps de débattre et Bidoul, ayant consulté sa montre-bracelet, déclara :

– Il est 18h27. Demain matin, nous réunirons tous les protagonistes du drame, et je lèverai le voile sur cette sordide affaire ! Écoute-moi bien, Mélardy, nous allons nous répartir le travail : rends-toi chez le substitut Matagne et convoque-le pour demain matin, huit heures précises, ici, quai du Trompette, chez la dame Deremme. Ensuite file au commissariat et trouve un moyen d'attirer Vermeulen : il est absolument indispensable qu'il y soit de même.

– Que veux-tu que je lui dise, au commissaire ?

– Attire-le, trouve une astuce… Tiens ! Prétends que tu as reçu un message impérieux de la part de Monika Becker, à son intention, et qu'elle réclame sa présence. Il accourra, crois-m'en.

– Et toi ?

– Je m'occupe du reste : Monika Becker.

Mélardy fit la moue :

– J'ai une autre idée, dit-il. Je me rends chez les Becker, et tu vas chez le commissaire !

– Impossible, voyons ! Oublies-tu que je suis compromis aux yeux de Vermeulen, du fait même que je lui ai révélé mon enquête ? Il se méfiera de moi. Non non, c'est ta partie.

– Matagne, ça ne me plaît pas trop, non plus. Qu'est-ce que je lui dirai ?

– Qu'une enquête criminelle d'une gravité exceptionnelle va recevoir son dénouement demain, ici même, à huit heures, et que sa présence est requise. Reste évasif mais laisse entendre qu'il s'agit d'un cas énorme ! Il se verra déjà procureur du roi et ne cherchera pas plus loin.

– Si tu le dis.

– Séparons-nous, mon ami. Demain matin, huit heures, et que la lumière soit !

Ayant dit, Bidoul récupéra l'attirail qu'il avait extrait de la Dyle et fila sans regarder en arrière. Son souci était de savoir où retrouver Monika Becker. Il courut en ville et se rendit à l'établissement dans lequel, un peu plus tôt, il avait rencontré par chance la Gitane. Elle ne s'y trouvait plus. Le bistrot était d'ailleurs bien dépeuplé par rapport à la cohue qui le remplissait naguère. Il explora ensuite cinq ou six autres lieux de boisson, trottina d'une rue dans l'autre, en vain.

Il croisa un collègue, un type nommé Delforge, qui le mit au courant des dernières rumeurs : on laissait entendre que rien n'était achevé encore, qu'un peloton de SS continuait de se battre du côté des papeteries. Qu'un Panzer tenait le carrefour, en haut de la rue de Namur et de l'avenue Reine Astrid, d'où il couvrait la retraite d'une colonne de transport de troupes vers Chaumont-Gistoux. On disait aussi, contradictoirement, que les Écossais avaient gagné Beauvechain, qu'ils avaient repris l'aérodrome aux Allemands, ce qui était une bonne nouvelle car on n'aurait plus à redouter les Flak en batteries qui étaient postés là-bas, et que les Boches se retiraient vers Tirlemont. Mais en même temps la radio mettait en garde contre…

Il n'en finissait plus et sa litanie n'intéressait pas du tout Bidoul. Puis Delforge baissa les yeux vers les bras de son camarade et lui demanda :

– C'est quoi, ce que tu trimbales ?

– Pièce à conviction, dans une affaire grave.

Aussitôt Bidoul se mordit la langue. Delforge était connu pour l'admiration qu'il vouait au commissaire. Certains disaient qu'il en était l'âme noire, l'éminence grise et l'ombre blanche. Il eût été fatal que Delforge filât répéter auprès de Vermeulen que Bidoul était en passe de résoudre un cas difficile qui, précisément, impliquait le commissaire ! Il ajouta aussitôt, un peu trop vite :

– Enfin, ce n'est pas pour moi. C'est Brassine qui m'a demandé de lui apporter cet appareil.

– Ah bon.

Delforge tenta de comprendre ce que c'était. Un rouleau de ficelle autour d'une pièce métallique. Il n'en vit pas davantage. Et Bidoul prit la tangente. Il dut, au bout d'un moment, se résoudre à retourner à Basse-Wavre, afin de retrouver Monika Becker. Après tout, elle avait très bien pu regagner le campement… S'il était honnête avec lui-même, Bidoul devait admettre qu'il éprouvait, sinon du découragement, au moins un commencement de lassitude. Il croyait toucher au but, et cependant l'issue paraissait devoir s'éloigner toujours. Un pas en avant, un pas en arrière. Et ces vadrouilles incessantes à travers Wavre, et ces empêchements qui se dressaient devant lui, auxquels toujours il fallait trouver une réponse…

Le soir tombait. Les rues étaient désertes à nouveau. On n'entendait plus de vacarmes, plus de bombardements, plus de grondements d'engins à chenilles. Mais on sentait que le silence était latent, fragile. Qu'une secousse nouvelle pouvait renverser le cours du destin. C'était vrai pour la guerre comme ce l'était pour l'enquête que Bidoul conduisait et jamais jusque-là il n'avait été à ce point habité par le doute et l'incertitude. Enfin, puisqu'il le fallait, il se porta jusque Basse-Wavre en allant au plus court. Il était las des précautions à prendre pour éviter les patrouilles allemandes. Et il parvint sans dommage à ce croisement où se situaient le collège, la basilique, le passage à niveau, la petite station du chemin de fer. Une grosse éruption de fumée se mêlait à l'air du soir, provenant d'un bâtiment incendié sans doute, et une carcasse de char encombrait une ruelle. Dans l'état où elle était, il était difficile de savoir à quelle armée elle avait appartenu et Bidoul ne se tracassa pas de le savoir.

Il prit le petit chemin de terre qui longeait la voie ferrée. Au quartier des Becker, il ne trouva que le chien. Il frappa contre toutes les portes et ne reçut pas de réponse. Il eut alors l'idée de se rendre à la ferme de l'Hosté puisqu'aussi bien Monika Becker avait affirmé que le clan s'y était abrité. Au moins, si elle ne s'y trouvait pas, laisserait-il à Georges, le patriarche, un message qu'il lui transmettrait. Mais, pas davantage qu'au campement, il ne rencontra quiconque en aucun bâtiment de la ferme. C'était comme si tout le monde avait disparu.

Que lui restait-il à faire ? Rentrer chez lui ? Le crépuscule atteignait les collines, le plateau de Statte, les forêts. Monika Becker pouvait être n'importe où, et pourquoi pas en Angleterre ?

Il rentra chez lui dans un état de tristesse et d'abattement qu'il n'avait pas souvent rencontré. Lui, de tempérament positif, il mesurait soudain qu'il touchait aux limites de ses compétences. Il eut envers Mélardy une pensée évasive : son camarade avait-il trouvé Matagne ? Et Vermeulen ? Les avait-il convaincus de se rendre le lendemain, à l'aube, au quai du Trompette ? Et quand bien même… Que leur dirait-il ?

C'est de Monika Becker qu'il avait besoin. Elle était la pièce indispensable de sa démonstration. Ah ! Il avait été fier, bien trop fier… Brassine, l'armurier, ne lui en avait-il pas fait la leçon ?

En ruminant son amertume, il finit par rejoindre la rue du 4-Août et, de la main qui ne serrait pas son attirail, il chercha la clef dans sa poche. Mais la porte était ouverte. Il entra dans le vestibule et fit de la lumière.

Quelqu'un se trouvait là. Sur les marches de l'escalier. Monika Becker était assise et fumait une cigarette. Sa quantième ? Depuis combien de temps attendait-elle ? Bidoul ferma la porte derrière lui et fut incapable de savoir si le flot de chaleur qui lui submergeait le torse était une onde heureuse ou le signal d'une alarme. Il s'avança d'un pas et dit :

– Vous étiez donc ici ?

– Vous le voyez. Pourquoi faut-il que les hommes prononcent toujours des paroles inutiles ?

– Comment savez-vous mon adresse ?

– Quelle importance ? Je vous l'ai dit, les Gitans connaissent les policiers des villes où ils séjournent.

– Vous voulez monter ?

– Pour quoi faire ?

Une étincelle amusée pétilla dans l'œil de la Gitane et Becker sentit la rougeur gagner sa figure. Ce n'était pas du tout ce qu'il voulait dire. Mélardy sans doute aurait donné une autre réponse mais Bidoul eut cette phrase :

– Si vous croyez que ça m'amuse…

– Je vous cherchais.

– Pour quoi faire ?

Monika Becker sourit. Elle termina sa cigarette qu'elle écrasa sur le parquet du vestibule, sans égard, et dit :

– Vous vous trompez. C'est tout. Je suis venue vous dire ça. Les choses ne sont pas du tout ce que vous croyez.

– Que savez-vous de ce que je crois ?

– Lambot, *et caetera*.

Bidoul eut un geste évasif. Puis il dit à son tour :

– Moi aussi, je vous cherchais. Je reviens de votre camp, à Basse-Wavre.

– Vous êtes chez moi, je suis chez vous. Nous aurions pu nous manquer longtemps.

Elle passa une main dans ses longs cheveux bruns. Eut un regard, comme Delforge un peu plus tôt, vers cette pelote de ficelle entourant un appareil de métal, que Bidoul tenait contre sa poitrine, et demanda :

– Donc vous me cherchiez ?

– Je vous demande de vous trouver demain chez Lambot, à huit heures. Quai du Trompette. Vous voyez où ça se trouve ?

– Le quai du Trompette, oui. Mais je ne me suis jamais rendue chez Lambot.

– Je sais.

Elle eut un mouvement, très léger, d'étonnement. Mais ne releva pas la phrase. Bidoul demanda encore :

– Vous y serez ?

– Nous verrons bien.

– Il vaut beaucoup mieux que vous y soyez.

– Les menaces n'ont pas de prise, monsieur l'agent. Ça ne marche pas comme ça. Mais je me rendrai quai du Trompette parce que, je crois, cela m'intéresse.

– Ça me suffit.

Elle se leva de la marche où elle était assise et, se détournant, quitta l'immeuble.

Lorsqu'elle fut en allée, Bidoul escalada l'escalier, rentra chez lui, et ne ressentit aucun bien-être, aucun soulagement. C'était un grand vide intérieur. Il ouvrit un placard où il trouva un sac de jute : il y fourra sa découverte, le Browning, la ficelle et le poids de fonte.

Puis il ôta sa veste d'uniforme et s'allongea sur son lit. Les yeux ouverts.

L'agent Firmin Bidoul 12

Ce mercredi 6 septembre 1944, à 7h21 du matin, l'agent Firmin Bidoul quitta son domicile de la rue du 4-Août pour se rendre au quai du Trompette. Il portait dans la main droite un sac de jute alourdi par un attirail étrange.

Le chemin n'était pas long : il n'avait que la chaussée de Bruxelles à descendre jusqu'à la Dyle. Le pont, démoli par les Allemands, avait été provisoirement rétabli : les troupes du génie avaient appliqué une structure qui permettait à des véhicules lourds de franchir la rivière. Bidoul eut une curiosité. Il fit un pas sur ce pont métallique : c'était dur sous le pied. Comme un enfant, il traversa dans un sens. Puis dans l'autre. Ça l'amusait beaucoup. Il eut l'idée, puisque le passage était rétabli, de voir au café des Bouchers si le docteur Flémal n'y serait pas déjà, devant son premier verre de bière du mercredi.

Le bistrot était ouvert, mais désert. Le policier voulut profiter du moment. Il en avait le temps et il s'attabla. Le patron parut et Bidoul commanda une tasse de café. C'était bien. Il se réjouissait de se tenir assis là, dans ce lieu paisible et silencieux.

Il ne s'agissait pas pour lui de réunir ses idées ni de se fortifier le tempérament. Il savourait simplement cet instant de silence et de tranquillité qui était devenu rare depuis quelques jours.

Le patron avait déposé devant lui sa tasse fumante. Cela sentait bon. Cela sentait l'automne retrouvé. Il but son café puis, comme tout de même il avait une besogne à finir, il déposa de la monnaie sur le comptoir et traversa la Dyle à nouveau sur cette large passerelle d'acier que les Britanniques avaient posée d'une rive à l'autre. Et il tourna dans le quai du Trompette.

Il frappa chez Léonie Deremme. Celle-ci lui ouvrit, le regarda de son air habituel, tranquille, sans impatience.

– Bonjour, madame. Quelques personnes vont arriver, nous nous réunirons dans les appartements de Lambot. Et, si vous voulez savoir ce qui est arrivé à votre locataire, votre présence est la bienvenue.

– Bah.

Mélardy arriva le premier et Bidoul en fut soulagé. Avait-il cru que son collègue se serait débiné ? La partie s'annonçait ardue, ils ne seraient pas trop de deux. Et, même si c'était lui qui parlerait, il aimait pouvoir sentir auprès de lui un camarade franc.

– Salut, Bidoul.

– Salut, Mélardy. Bien dormi ?

– Comme un enfant.

– Tu as vu Matagne ?

– Hier.

– Et Vermeulen ?

– Ils seront là.

Bidoul ne voulut pas en savoir davantage. Comment s'y était pris Mélardy ne comptait pas, du moment que les deux hommes y seraient. Ils regardèrent l'enfilade de la rue mais ne virent encore venir personne. Quelle heure était-il ? Huit heures moins dix. Bidoul annonça qu'il montait. Il donna une instruction à Mélardy :

– Quand ils arriveront, fais-les attendre. Matagne, Vermeulen, Monika Becker. Emmène-les là-haut quand ils seront tous les trois.

– Entendu.

Et Bidoul fit comme il avait dit. Léonie Deremme, qui était demeurée là, lui demanda s'il avait besoin de quelque chose et il faillit répondre non mais se ravisa et déclara qu'il voulait bien un grand verre d'eau.

Il monta. La chambre de Lambot était restée telle qu'il l'avait découverte le premier jour, le cadavre en moins. Le policier eut le mouvement d'ouvrir la fenêtre. Il fallait de l'air frais. Il se pencha, presque sans y penser, et regarda la Dyle couler sous lui. Les algues, la vase, l'eau claire… Ce n'était tout de même pas compliqué !

Léonie Deremme fut dans son dos sans qu'il l'eût entendue monter, avec un verre d'eau qu'elle déposa sur la commode. Puis, au lieu de redescendre, elle s'approcha de Bidoul et lui dit :

– Vous soulevez de grands soucis, mon garçon ?

– Plaît-il ?

– Je dis que vous semblez fort peiné, ou fort alourdi. Comme si vous aviez à réussir une besogne forte. Une besogne qui, pardonnez-moi de vous parler comme si j'étais votre mère, est bien lourde pour votre dos et pour vos épaules.

Un autre jour, Bidoul aurait envoyé la logeuse récurer ses casseroles, mais on était le 6 septembre à huit heures du matin. Et il répondit ce qu'il avait envie de répondre :

– C'est pas faux.

– Oh, mais je ne me fais pas de souci pour vous. Je vous ai bien regardé, savez-vous, depuis quelques jours. Non non, je ne me fais pas de souci pour vous.

Bidoul sourit et Léonie Deremme quitta la pièce comme elle y était venue. D'ailleurs on entendait une rumeur devant la porte de l'entrée : quelqu'un devait être arrivé. Le policier résista au désir de regarder : Mélardy s'en occupait. Il jeta un coup d'œil circulaire dans la pièce et vit qu'elle ne comportait qu'une seule chaise. Où s'assoirait-on ? Matagne prendrait la chaise, eu égard à sa fonction. Ou Léonie Deremme, compte tenu de son âge ? Qu'ils se débrouillent entre eux. Quant à Mélardy, Bidoul lui dirait de garder la porte, au cas où l'un quelconque des suspects s'avisait de vouloir fuir.

Il y eut des bruits de pas dans l'escalier : cela signifiait-il que tout le monde était arrivé ? Bidoul ouvrit la porte en grand et se trouva en face d'un homme qu'il ne connaissait pas. Un homme jeune, la trentaine, le visage rectangulaire et parfaitement rasé. Ses yeux, bleus, d'un bleu profond, rencontrèrent ceux de Bidoul et celui-ci tendit la main :

– Monsieur le substitut, je présume ? Agent Bidoul.

– C'est donc à vous qu'on doit cette étrange convocation ? Je suis venu, comme vous le voyez, mais je compte bien veiller à la régularité des procédures, je vous en préviens !

– Vous êtes là pour ça, monsieur le substitut.

Ce fut ensuite le commissaire qui s'encadra dans la porte. Il portait un pardessus mastic, un chapeau à la main, et son autre main était posée sur sa poitrine. Il reprenait son souffle et Bidoul en profita :

– Veuillez entrer, je vous prie. Nous avons à parler.

– Bidoul, prononça le commissaire entre deux sifflements, nom de Dieu ! Il ne doit pas exister deux exemplaires de votre genre dans toute la police belge, et il a fallu que ça tombe sur moi…

– Pour votre malheur, commissaire ? demanda Bidoul, non sans finesse.

Monika Becker entra ensuite, aussitôt suivie de Mélardy qui arborait un sourire élargi. Dans l'escalier, derrière la Gitane, levant les yeux à l'endroit où la décence préconisait de ne pas regarder, il avait eu ses douze secondes de profonde satisfaction. Enfin Léonie Deremme fit son entrée, car elle était aussi curieuse d'entendre ce que Bidoul allait déclarer que de voir de quelle façon il s'en tirerait. Chacun prit une place qui lui convenait : Mélardy, comme Bidoul l'avait voulu, se posta devant la porte ; Monika Becker alla s'appuyer d'une demi-fesse sur l'appui de la fenêtre et jetait à l'extérieur un regard intéressé ; le substitut Matagne laissa galamment l'unique chaise à Léonie Deremme et, considérant que sa fonction ne lui permettait pas de s'asseoir sur un lit, il préféra rester debout. Le commissaire eut moins de scrupules et prit place sur un coin du lit qui s'affaissa un peu sous son poids.

Bidoul se posta au milieu de la pièce et sembla réfléchir profondément. Puis il dit :

– Bien. Merci d'être venus.

Et il se tut. Il eut un regard sur cette trace que, sur le parquet, Léonie Deremme avait tenté d'effacer. Cette trace de sang noir, le sang d'Eugène Lambot. Alors Bidoul leva le doigt et, montrant la tache, il dit :

– C'est là qu'il est mort.

Le substitut se pencha pour voir. Le commissaire ne broncha pas et, si Monika Becker tourna son visage vers le centre de la pièce, c'était davantage pour observer Bidoul que le parquet. Alors le policier déclara :

– Eugène Lambot, quarante-quatre ans, sans emploi, est mort dans cette pièce le samedi 2 septembre, ou le dimanche 3 fort tôt. C'est difficile à dire et ça n'a d'ailleurs pas d'importance.

– Permettez, l'interrompit le substitut Matagne, qu'en a conclu le médecin légiste ?

– Il n'y a pas eu de médecin légiste, monsieur le substitut, pas plus que d'autopsie, ni rien de tout cela. Il m'a fallu travailler tout seul, jusqu'à ce que mon collègue Mélardy m'épaule.

Matagne eut un sursaut d'indignation :

– Depuis quand un agent de seconde classe prend-il en charge une enquête criminelle ?

– Depuis que les commissaires sont défaillants, monsieur le substitut.

Matagne se tourna du côté de Vermeulen qui, sans répondre, eut un simple mouvement de la main. Bidoul poursuivait déjà :

– J'ai conscience de ne pas avoir absolument respecté tous les protocoles. Et alors ? Fallait-il détourner les yeux, au motif que l'appareil judiciaire et policier se signalait par son absence ?

– Le code de procédure n'est pas un chiffon de papier, répondit le substitut, piqué par la remarque.

Si d'aventure votre affaire devait aboutir à un procès, toutes vos conclusions pourraient être frappées de nullité pour vice de forme. Vous aurez bonne mine !

– Vous n'écoutez pas quand on vous parle ? Je vous l'ai dit lorsque vous êtes entré : vous êtes là pour ça. Moi, je vais me contenter de vous raconter une histoire, monsieur le substitut. De cette histoire, vous jugerez vous-même de l'opportunité de lui écrire les chapitres suivants, ou pas. Et, si vous estimez utile de nommer un juge instructeur, celui-ci fera procéder ensuite à tous les devoirs d'enquête qu'il trouvera bon d'ordonner.

Matagne croisa les bras, se campa sur ses jambes et cette attitude était celle qu'attendait Bidoul : le magistrat se montrait disposé à l'entendre. Alors il fit ce récit :

– Eugène Lambot est mort d'une balle dans la tempe. Durant trois ou quatre jours, je me suis penché sur la question de savoir qui l'avait tué. J'en suis finalement venu à conclure que cette question n'avait aucune importance. Eugène Lambot, locataire de Léonie Deremme ici présente, héberge une jeune femme du nom supposé de Lucienne Goossens. Il en est, selon les dires de sa logeuse, fort épris. Or, en février, cette Lucienne Goossens quitte Eugène Lambot et se rend à Basse-Wavre auprès de Georges Becker. Après quoi, nul n'entend plus parler d'elle. Eugène Lambot, au désespoir, cherche sa fiancée de toutes parts et finit par apprendre qu'elle a été vue allant chez les Becker. Il se procure une arme, je ne sais pas où. Il se rend à son tour chez les Gitans, se comporte brutalement, remue un pistolet sous le nez de Monika Becker, laquelle rédige alors un billet que Lambot fourre dans sa poche. Elle intime à Lambot, en termes stricts, quoique mal orthographiés, de se tenir à l'écart. Est-ce exact, madame Becker ?

Bidoul s'étant tourné vers elle, Monika Becker répondit en expirant un nuage de fumée de sa cigarette :

– Absolument exact.

– Naturellement, ce billet ne constitue pas du tout la preuve que madame Becker ait trucidé Lambot. Cependant cela m'incite à y regarder plus attentivement. Je reçois alors trois témoignages fort éclairants. Le premier : Eugène Lambot était atteint d'une leucémie au dernier degré, il n'aurait pas vu s'achever l'automne. Le deuxième : les Becker se livrent à un trafic des plus immondes, en vendant à l'occupant des femmes jeunes, jolies, désirables…

– Ah bon ?

De sa fenêtre, Monika Becker avait eu un mouvement de surprise. Aussitôt, le commissaire leva sur elle un regard empreint d'autorité, et elle se tut. Bidoul poursuivit :

– Le troisième : j'entends que Lambot, en avril, après avoir appris quel sort abominable avait subi sa dulcinée, s'était rendu au poste. Au terme de deux jours d'attente, il avait pu se faire recevoir par le commissaire et lui raconter tout son drame. Résultat ? Rien. Le commissaire ne bronche pas, ne diligente aucune enquête, ne répond à aucune des instances que lui adresse le malheureux Lambot. Monsieur le commissaire, est-ce exact ?

Sans répondre formellement, Vermeulen remua la main comme il l'avait fait un peu plus tôt. Bidoul se satisfit de cette réponse et continua :

– Dès lors, voyez-vous, que fait Lambot ? Il sait que les Becker vendent des femmes et des fillettes aux Allemands, il vérifie que la police est complaisante, pour ne pas dire complice. Et il apprend de la bouche de son médecin qu'il est condamné à court terme. Oui, que fait Lambot ? Je vais vous le dire, messieurs-dames…

Ayant achevé, il se saisit du sac de jute qu'il avait déposé sur le sol et en retira cet étrange appareillage : un pistolet, trois mètres de ficelle, un poids de fonte. Il se rendit auprès de la fenêtre et, demandant à Monika Becker de s'écarter, il fit glisser le kilo de fonte, retenu par la ficelle, le long du mur extérieur de l'habitation. Puis il prit place à l'endroit où s'était tenu le cadavre et, levant l'arme sur sa propre tempe, il dit :

– Pan.

Il mima le reste : son corps s'affaissa, il montra comment s'ouvrait la main qui tenait l'arme, comment le pistolet, entraîné par le kilo de fonte, basculait par la fenêtre et tombait dans la Dyle. Et voilà tout.

– Eugène Lambot s'est suicidé. Pour autant, devons-nous en conclure que personne ne l'a tué ? C'est un cas rare, je présume, monsieur le substitut, et qui donne à penser. Monika Becker et le commissaire Vermeulen ne sont-ils pas coupables d'un homicide par voie indirecte ? Leur conduite, à tous deux, a mené irrémédiablement le pauvre Lambot à la mort…

– Hum. Non, monsieur l'agent, Quand bien même tout ceci serait avéré, on ne peut imputer à des tiers les conséquences fatales de l'acte désespéré auquel s'est livré le sieur Lambot.

– Pardon, monsieur le substitut. Je ne prétends pas que Lambot se soit tué par désespoir. Je dis autre chose : en se supprimant, il ne cherchait pas à échapper à la tristesse qui l'étreignait ! Il avait, au moment de se tirer une balle dans la tempe, gardé au fond de sa poche ce billet qui dirigerait nécessairement les enquêteurs du côté de chez les Becker. « Ah ! s'est-il dit, la police ferme les yeux sur les trafics des Gitans ? Elle ne pourra plus détourner les regards si un crime est imputé aux Becker ! Et, quand bien même les Becker finiraient par être innocentés de ma mort, la Justice aura conduit une enquête si scrupuleuse qu'elle découvrira toutes les turpitudes qu'un simple commissaire aura couvertes par son inaction… » Voilà le fin mot, monsieur le substitut. Lambot est mort, de sa propre main, afin qu'on allât enfin y regarder de plus près dans les affaires du clan de Basse-Wavre… Puisqu'il allait mourir, de cette leucémie, autant rendre utile cet inévitable trépas. Ce dont j'accuse Becker et Vermeulen devant vous, ce n'est pas de la mort de Lambot, Dieu ait son âme. Ce dont je les accuse, c'est du trafic de femmes et d'intelligence avec l'ennemi. Qu'au moins le geste de Lambot aboutisse à cette inculpation, et justice sera faite.

Il se tut, et n'osa pas regarder en direction de Monika Becker, ni de Vermeulen, ni de personne. Un profond silence succéda aux paroles terribles qu'il venait de prononcer. C'était au substitut Matagne, bien sûr, de s'exprimer. Celui-ci toussota. Puis il fit remarquer :

– Ce que vous venez de dire est fort grave, monsieur l'agent. La moindre des choses serait d'entendre la version des parties mises en cause. Monsieur le commissaire, souhaitez-vous répondre quelque chose ?

Vermeulen eut une réponse étrange. Au lieu de parler au substitut, il se tourna frontalement vers la fenêtre et s'adressa à Monika Becker :

– Hé bien ? Viennent-ils ?

– J'entends quelque chose.

– Donnez-moi, je vous prie, monsieur le substitut, quelques minutes.

Et il se tut. Et personne n'ajouta une parole. Et Monika Becker demeurait penchée à la fenêtre, en regardant à l'extérieur avec une curiosité de plus en plus attentive. Les quelques minutes réclamées par le commissaire s'écoulèrent avec une lenteur pesante. Bidoul était décontenancé : à quoi cela rimait-il ? Enfin, Monika Becker prononça :

– Des gens sortent.

On recevait en effet, jusque dans la chambre qu'avait habitée Lambot, des clameurs de plus en plus vives. Puis un grondement de moteurs, de moteurs puissants... Monika Becker quitta la fenêtre et, jetant sa cigarette dans la Dyle, dit :

– Ils sont là, monsieur le commissaire. C'est terminé.

Elle souriait. D'un sourire que Bidoul n'avait pas encore vu, qui n'avait rien de commun avec aucun sourire qu'il avait jamais pu lire sur aucun visage avant celui-ci. Et le commissaire se leva du lit et il ne fit, devant le substitut, qu'une déclaration courte :

– Est-ce que j'ai couvert les agissements du clan Becker ? Oui. Depuis le début de l'année 42. Est-ce que les Becker ont trafiqué avec l'occupant ? Oui. Ils vendaient de la ferraille. Ça leur servait de couverture. Est-ce que j'ai reçu Lambot dans mon bureau ? Est-ce que j'ai laissé lettre morte les accusations qu'il est venu proférer contre les Becker ? Oui. Il le fallait, sous peine de voir compromettre l'édifice. Quant aux femmes et aux fillettes que le témoin de Bidoul a vues, elles existent. Il en a existé près de trois cents, depuis février 42. Lucienne Goossens, de son vrai nom Sarah Goldstein, est l'une d'elles et vit aujourd'hui en Amérique. Elle avait trouvé chez Lambot un refuge provisoire. Comment s'étaient-ils connus ? On n'a pas cherché à le savoir. Mais elle ne lui avait visiblement pas tout dit, et tant pis si Lambot s'est bercé d'illusions. Les Becker n'ont jamais vendu de fillettes aux Allemands, les Becker vendaient de la ferraille le jour, et faisaient passer des femmes juives la nuit vers l'Angleterre, l'Espagne ou l'Amérique.

– Et pour quelle raison fallait-il attendre pour nous le dire ? demanda le substitut.

– Parce que, depuis deux minutes, la guerre est finie.

Monika Becker précisa en agitant le doigt vers la fenêtre :

– La 2e division blindée de l'armée des États-Unis vient d'entrer dans Wavre.

Bidoul ne broncha pas. Le commissaire reprit son chapeau dans sa main et se dirigea vers la porte. Alors qu'il y arrivait presque, il fut devant son agent, et le regarda. Il eut un sourire, un vrai sourire de bienveillance. Il ne prononça pas une parole mais leva sa main et la posa sur le bras de Bidoul, juste sous l'épaule. Puis il sortit. Le substitut Matagne l'imita, de même que Monika Becker. La guerre était finie, Eugène Lambot était mort pour des quilles mais il ne le savait pas et, sans doute, au moment d'appuyer sur la détente, avait-il eu conscience d'accomplir un acte juste, noble, et nécessairement utile.

Ce fut Léonie Deremme qui eut le dernier mot. Alors que Mélardy s'était approché de la fenêtre pour voir passer les blindés américains que la population acclamait, elle vint auprès de Bidoul et lui dit :

– Des comme vous, on n'en fait pas beaucoup, et c'est bien dommage.

Table des matières

DANS LA MÊME **COLLECTION**

Jean-Baptiste Baronian, *Meurtre à Waterloo*

Marc Hermant, *Les dépeceurs de Spa*

Isabelle Bary, *Braine blues*

Xavier Deutsch, *Au coin de la rue des Amours*

Véronique Biefnot, *Sous les ruines de Villers*

Evelyne Guzy, *Le martyr de l'Étoile*

Anouchka Sikorsky, *Crime à Louvain-la-Neuve*

Luc Baba, *Le mystère Curtius*

Jean-Luc Fonck, *Arrête arrête tu Maitrank !*

Jacques Mercier, *La francisque de Tournai*

Agnès Dumont, *Le gardien d'Ansembourg*

Achevé d'imprimer en février 2015 par l'imprimerie VD (Belgique)